폐이식 수술 후

FIGHTING TO BREATHE

엄마의 5개월간 ·············· **투병기록**

폐이식 수술 후

FIGHTING TO BREATHE

엄마의 5개월간 ┄┄┄┄ 투병기록

초판 1쇄 발행 2023. 8. 31.

지은이 고은지
펴낸이 김병호
펴낸곳 주식회사 바른북스

편집진행 김재영
디자인 최유리

등록 2019년 4월 3일 제2019-000040호
주소 서울시 성동구 연무장5길 9-16, 301호 (성수동2가, 블루스톤타워)
대표전화 070-7857-9719 | **경영지원** 02-3409-9719 | **팩스** 070-7610-9820

•바른북스는 여러분의 다양한 아이디어와 원고 투고를 설레는 마음으로 기다리고 있습니다.

이메일 barunbooks21@naver.com | **원고투고** barunbooks21@naver.com
홈페이지 www.barunbooks.com | **공식 블로그** blog.naver.com/barunbooks7
공식 포스트 post.naver.com/barunbooks7 | **페이스북** facebook.com/barunbooks7

ⓒ 고은지, 2023
ISBN 979-11-93341-05-6 03810

폐이식 수술 후

FIGHTING TO BREATHE

엄마의 5개월간 ꟷꟷꟷꟷ 투병기록

고은지 지음

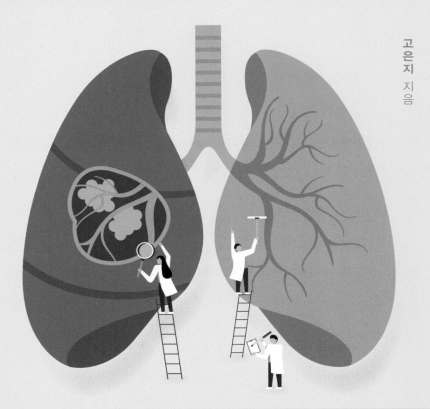

처음으로 출판되는

국내 폐이식 수술 환자의 실제 투병기

바른북스

프롤로그

폐이식 수술을 받은 환자들은 수술실에 들어가기 전에 예상 가능한 합병증과 후유증에 대해서 수술 및 치료 동의서에 동의하고 이식 수술을 받게 됩니다. 수술 이후에는 예측했던 후유증이나 예측도 하지 못했던 돌발 위급 상황들의 발생으로, 생각보다 훨씬 힘든 투병생활을 일상으로 돌아가기 전까지 매일 육체적 고통과 싸워 이겨내야 합니다. 또한, 일상으로 돌아가서도 평생 면역억제제를 복용하며 장기이식 환자가 조심해야 할 먹거리와 여러 주의사항들을 지켜야 하고 일상생활의 많은 불편함을 감수해야 하는 마라토너가 됩니다. 저의 엄마가 수술하시기 전에 온라인, 오프라인 서점에서 폐이식 관련 책이나 폐이식 성공 수기들을 찾아보았으나 이제까지 발간된 책을 찾을 수 없었기에 여러 인터넷 카페에서 폐이식 환우들의 가족과 환자분들이 수술 후 공유해 주신 기록들을 참고할 수밖에 없었습니다. 막상 엄마가 수

술하시고 보호자가 되니 수술 당일부터 단 하루도 긴장의 끈을 놓을 수 없는 상황이 되어서, 환자나 보호자들이 폐이식에 관하여 책을 쓰는 건 거의 불가능했을 것 같았습니다. 또한, 코로나19(COVID-19) 팬데믹으로 인하여 급속도로 많이 발생된 호흡기 질환자 중 폐이식 수술이 필요한 경우가 증가하였고, 코로나19 중증환자의 폐이식 수술이 국내에서 2020년 6월 최초로 성공했다는 기사를 본 후 만약 제가 엄마의 폐이식 수술 후 어떻게 병동 생활을 하셨는지 책으로 출판해서 공유한다면, 누군가에게 도움이 될 수 있을 것이라고 생각하게 되었습니다. 폐이식 수술을 기다리는 분들이 제가 엄마의 수술 전·후 공부해서 정리한 자료들과 엄마의 폐이식 수술 회복기록, 병원에서 수술로 인해 쓰게 된 비용 등을 참고하시어 부디 수술 전에 재정적, 심리적 준비를 잘하시기를 바랍니다. 그리고 반드시 일상으로 돌아오는 데 성공하셔서 소중한 폐를 기증해 주신 공여자에 대한 감사의 마음으로 가족들과 오래오래 행복하고 건강하시기를 기원합니다.

참고로, 이 책에 기재된 의학관련 정보는 제가 발췌자료에서 찾아 의학 비전공자로서 전달해 드리는 사항이기에 부족한 내용이나 추가적인 정보는 의학 전문가에게 따로 문의하시거나 확인받으시기 바랍니다.

목차

프롤로그

1장.

폐이식 수술에 대하여

수술 전 이야기

3장.

수술 후 투병 이야기

4장.

입원·수술비 외 기타 경비

맺음말

발췌자료

페이식 수술에 대하여

국내 폐이식 수술의
역사 및 현황

국립장기조직혈액관리원(KONOS: The Korean Network for Organ Sharing)
은 2010년 국내 이식법 제정에 따라 장기기증 관리를 위해 설립되
었습니다. KONOS는 창립 이래 36개 장기 조달 단체의 장기기증
을 관리하고 있으며, 사망한 기증자의 장기를 분배하는 것은 물론,
전국적인 장기이식에 대한 연간 통계를 발표하고 있습니다. 국내
에서는 1996년 특발성 폐섬유증으로 진단된 53세 남자 환자에서
일측 폐이식에 성공한 것을 시작으로 2017년 서울아산병원(AMC)
에서 진행성 심부전이 발병한 특발성 폐동맥고혈압 환자 19세 여
성에게 최초의 살아있는 공여자의 폐이식 수술 LT(Living-Donor lobar
Lung Transplantation)를 시행하게도 되었습니다. 그 환자는 수술 후 2

년이 지난 후에도 계속해서 건강을 유지했습니다. 이후 2018년 12월에는 생체 기증자의 폐 기증을 허용하도록 이식법이 개정되었습니다. KONOS의 이식등록부에 따르면 2009년 1월부터 2019년 12월까지 국내에서 폐이식 수술을 받은 환자 537명 중 60% 이상이 남성이었으며, 21.2% 이상은 50~64세였습니다. 이식 수술 전 환자의 진단명 중 가장 높은 비율을 차지한 것은 전체 사례의 49.5%를 차지한 특발성 폐섬유증(원인불명의 폐 조직 섬유화가 만성적으로 일어나는 질환, Idiopathic Pulmonary Fibrosis: IPF)이었습니다. 폐섬유증은 서서히 상태가 악화되는 질환이며 마지막 단계에 가서는 급격하게 상태가 악화되어 생명을 잃는 경우가 종종 발생하기 때문에 이식 대기자로 등록한 환자들은 정기적으로 상태를 확인하는 것이 필요하고, 국내 연구에 의하면 이식을 등록한 이후 대기 중 사망률이 42.5%라고 합니다.

(단위: 건)

뇌사 이식 – 성별					
구분	2017	2018	2019	2020	2021
남자	1,091	973	1,037	1,029	964
여자	602	530	575	570	514
합계	1,693	1,503	1,612	1,599	1,478

뇌사 이식 - 장기별					
구분	2017	2018	2019	2020	2021
신장	903	807	794	848	747
간장	450	369	391	395	357
췌장	62	58	75	32	37
심장	184	176	194	173	168
폐	93	92	157	150	167
췌도	1		1		
소장		1		1	1
팔					1
합계	1,693	1,503	1,612	1,599	1,478

구분	환자 수	비율
남성	324	60.3%
여성	213	39.7%
합계	537	100%

나이(세)	환자 수	비율
1-5	8	1.5%
6-10	5	1.0%
11-17	15	2.8%
18-34	52	9.7%
35-49	126	23.5%
50-64	275	51.2%
65-74	55	10.2%
75+	1	0.2%
합계	537	100%

진단명	환자 수	비율
특발성 폐섬유증	268	49.9%
이식 후 폐색성 모세기관지염	34	6.3%
기관지 확장증	28	5.2%
원발성 폐고혈압증	18	3.4%
림프관평활근종증	14	2.6%
폐기종	5	0.9%
아이젠멘거 증후군	3	0.6%
석면증	3	0.6%
낭포성 섬유증	2	0.4%
기타	162	30.2%
합계	237	100%

    폐이식 수술의 대상이 되는 질환은 크게 네 가지로 첫째, 흡연과 관련이 많은 만성폐쇄성폐질환, 둘째, 기관지확장증과 같은 염증성폐질환, 셋째, 폐섬유증이나 항암제 치료 후 초래될 수 있는 폐실질질환, 넷째, 원인 미상의 폐동맥고혈압이나 선천성심장병의 합병증으로 유발되는 2차성 폐동맥고혈압이라고 합니다. 만성폐쇄성폐질환은 전 세계적으로 폐이식의 가장 많은 적용되고 있으며, 최선의 약물치료에도 불구하고 환자의 상태가 악화될 때 폐이식 수술을 하게 되지만 증상이 심하거나 폐활량 수치가 많이 감소되어 있어도 다른 질환에 비하여 폐이식을 안 하여도 상대적으로 장기간 생존이 가능하기 때문에 충분하고 면밀한 검토 후에 폐이식 시기를 정하는 것이 필요하다고 합니다. 폐이식 수술의 연령제한은 일측 폐이식 65세, 양측 폐이식 60세, 심폐이식 55세로 되어있으나 최근에는 고령의 나이에도 불구하고 특별한 질병이 없고 전반적인 신체적 상태가 양호한 환자에서는 단순히 고령이라는 것만으로 이식 대상에서 제외시키지는 않는 추세라고 합니다. 국립장기조직혈액관리원(KONOS: The Korean Network for Organ Sharing) 조사 자료에 따르면, 수술 후 1년, 3년, 5년 생존율은 각각 61.8%, 52.3%, 45.3%였습니다. 이러한 결과는 국제심폐이식학회(ISHLT: International Society for Heart and Lung Transplantation) 조사 결과보다 생존 확률이 낮은 편이라고 합니다.

뇌사 이식자 생존율 (폐) - 성별							
구분	3개월	1년	3년	5년	7년	9년	11년
남자	80.11	64.96	53.69	45.75	39.62	38.60	38.60
여자	84.61	69.06	57.88	54.16	49.28	44.95	38.14

뇌사 이식자 생존율 (폐) - 연령별							
구분	3개월	1년	3년	5년	7년	9년	11년
<1	100	100		49.11	43.58	41.05	37.48
1-5	78.57	64.29	48.21				
6-10	76.19	76.19	60.95	48.21	48.21	48.21	
11-18	82.86	79.26	69.50				
19-34	75.16	71.37	63.97	61.33	61.33	61.33	
35-49	84.72	74.55	65.27	59.84	50.99	50.99	40.79
50-64	81.42	64.98	52.16	61.01	54.30	48.79	46.35
65-74	83.00	53.67	43.34	45.35	40.18	38.69	38.69
75+	100	100		26.07	26.07	26.07	

우리나라에서 폐이식을 받은 환자 중 최장기 생존자는 아이젠
멩거증후군으로 양측 폐이식을 하였고 아주 건강하게 생활하였
으나 수술 후 10년째에 만성거부반응인 폐쇄성세기관지염증후군
(Bron-chiolitis Obliterans Syndrome)이 발생하여 양측 폐 재이식 수술을 하

였습니다. 폐이식 후 생존율은 지난 30년간 서서히 증가해 왔는데, 양측 폐이식은 장기생존율이 일측 폐이식보다 좋은 결과를 보이며 특히 60세 이하에서 양측 폐이식을 하였을 때 월등히 좋은 장기생존율을 보였다고 합니다. 양측 폐를 이식하는 것이 더 좋은 운동력 향상을 보이나 양측 폐이식의 단점으로는 2명의 환자가 받을 수 있는 장기를 한 사람이 사용한다는 점과 이식 수술 자체의 위험성이 더 증가하게 되는 것입니다. 60세 이상의 환자에서는 일측 폐이식 후 생존율이 의미 있게 좋았다는 보고도 있기에 각 이식기관에서 환자의 수술방법을 선택할 때 여러 가지의 변수를 충분히 감안한 후 결정을 해야 한다고 합니다. 국내에서 한 기관의 자료에 의하면, 폐이식을 시행한 총 150건 중 양측 폐이식이 128차례로 85% 이상을 차지합니다. 국제심폐이식학회에 의하면 성인 폐이식 환자의 중앙생존율은 5.6년으로 보고되었으나 1년 이상 생존한 환자들만의 중앙생존율은 7.9년으로써 이식 후 첫 1년 내에 합병증과 사망률이 높은 것을 알 수 있고, 이식 후 첫 1년 동안 생존한 환자들의 장기생존율 가능성이 더 높다는 것을 알 수 있습니다. 우리나라의 경우는 아직 국제심폐이식학회의 생존율에는 다소 못 미치는 이유로는 이식 초기에는 수술건수가 미미하였고, 이식을 받은 환자들이 오랜 망설임 끝에 너무 늦은 단계에서 상태가 많이 악화된 후 이식을 결정했던 것이 낮은 생존율의 원인이라고도 합니다. 그렇지만 최근에는 수술건수도 증가하였고 과거에 비하면 일찍 환자가 의뢰하여 폐이식 수술 전 검사를 진행하며 상태가 더 악화되기 이전에 수술을 시행하는 추세이므로 수술 후 생존율이 세계이식학회의 성적과 유사해지고 있다고 합니다.

1-2

폐이식 수술 종류,
방법 및 주의사항

 폐를 기증할 수 있는 뇌사자는 55세 이하이면서 혈액형이 일치하고 폐의 손상이 없으며 흉부 X선 상 깨끗하고 흡연력이 소량이어야 합니다. 이 조건에 맞는 뇌사자 중 100% 산소를 준 상태에서 산소압이 300mmHg 이상으로 나타나면 공여폐의 상태가 좋다고 판단하고 적합한 수여자를 찾아 이식을 진행하게 됩니다. 폐는 외부로부터 쉽게 손상을 받기 때문에 장기를 기증하겠다는 뇌사자의 약 15~20%만 폐를 사용할 수 있다고 하지만, 국내에서 조사한 보고자료에 의하면 뇌사로 인하여 발생하는 장기기증자의 6.7%에서만 폐를 활용하였다고 합니다.

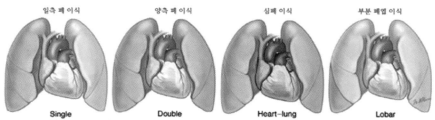

4가지 폐 이식 수술법

일측 폐 이식	양측 폐 이식	심폐 이식	부분 폐엽 이식
Single	Double	Heart-lung	Lobar

Source: D. J. Sugarbaker, R. Bueno, Y. L. Colson, M. T. Jaklitsch, M. J. Krasna, S. J. Mentzer, M. Williams, A. Adams: *Adult Chest Surgery*, 2nd Edition: www.accesssurgery.com
Copyright © McGraw-Hill Education. All rights reserved.

- **양측 폐이식**: 뇌사 장기기증자로부터 제공받은 폐 전체를 이식하게 됩니다.

- **일측(한쪽) 폐이식**: 뇌사 장기기증자로부터 제공받은 한쪽 폐만 이식하는 방법으로 병든 폐를 떼어내고, 이식할 폐의 폐동맥, 폐정맥, 기관지를 연결해 폐를 이식합니다

- **심폐이식**: 폐이식이 필요한 환자 중 심장의 기능 손상이 동반되거나, 이식 수술 후 관리에 문제가 될 가능성이 큰 경우, 뇌사 장기기증자로부터 제공받은 심장과 폐를 동시에 이식합니다.

- **부분 폐엽이식**(생체 폐이식): 건강한 가족으로부터 폐의 일부를 기증받아 환자의 기능을 못 하는 폐를 제거한 자리에 이식하는 방법입니다. 2017년 서울의 ××병원에서 '2대1 생체 폐이식'에 성공했다고 합니다. 수술 전 기증자 검사 시 적합한 경우에만 가능하며 기증자 2명이 각각 우하엽과 좌하엽을 환자에게 기증했다고 합니다.

폐이식 수술의 연령제한은 일측 폐이식 65세, 양측 폐이식 60세, 심폐이식 55세로 되어있으나 최근에는 고령의 나이에도 불구하고 특별한 질병이 없고 전반적인 신체적 상태가 양호한 환자에서는 단순히 고령이라는 것만으로 이식 대상에서 제외시키지는 않는 추세라고 합니다. 환자가 호흡곤란을 호소하고 24시간 산소가 필요하더라도 영양상태나 전반적인 신체적 상태, 활동능력, 사회적 또는 정신건강이 좋은 환자에서는 폐이식 수술을 고려할 수 있지만 폐이식이 필요하다고 해서 모든 환자에게 이식을 할 수 있는 것은 아니며 다음의 조건을 가진 환자들은 폐이식을 받더라도 환자들의 기대 수명이 크게 늘어날 것으로 예상되지 않기 때문에 절대적 금기증으로 의료진들 사이에 생각되고 있으며 적대적 금기증은 아니더라도 다음의 경우는 폐이식의 위험성을 증가시키기 때문에 이식팀의 경험을 바탕으로 판단해야 한다고 합니다.

폐이식 수술이
절대적으로 금지된 케이스

○ 최근 악성 종양의 병력이 있는 성인에게 폐이식을 제공해서는 안 됩니다. 혈액학적 악성 종양, 육종, 흑색종 또는 유방, 방광 또는 신장의 암 병력이 있는 사람들에게 5년 무병 기

간이 입증되어야 합니다. 암 병력이 있는 일부 환자의 경우, 5년 무병 기간 후에도 폐이식을 진행하기에는 재발 위험이 너무 높을 수 있기 때문입니다.

○ 다중 장기이식을 고려하지 않는 한 다른 주요 장기 시스템 (예: 심장, 간, 신장 또는 뇌)의 심각한 기능 장애를 제대로 제어하지 못하는 경우.

○ 장기 말단 허혈 또는 기능 부전이 있는 미교정 관상동맥질환 및/또는 관상동맥질환은 혈액순환이 불가능한 경우.

○ 급성 패혈증, 심근경색, 간부전을 포함하지만 이에 국한되지 않는 불안정한 의학적 상태.

○ 교정할 수 없는 출혈 장애.

○ 독성 및/또는 내성 미생물에 대한 감염 통제 미흡.

○ 활성 결핵균 감염의 증거.

○ 이식 후 심한 제한을 초래할 것으로 예상되는 흉벽 또는 척추 기형.

○ BMI≥ 35.0 kg/m2 등급의 비만.

○ 이식 후 비부착의 위험을 증가시키는 것으로 인식되는 현재의 의학적 치료에 대한 비부착 증상 또는 반복되거나 장기화된 의학적 치료에 대한 비부착 증상의 이력.

○ 정신적 또는 심리적 문제로 인해 환자가 복잡한 의료 프로그램을 준수할 수 없게 될 가능성이 있는 경우.

○ 재활 프로그램에 참여할 수 없는 경우.

○ 불법 약물 남용 또는 의존(예: 알코올, 담배, 마약 또는 기타 불법 약물) 이력. 폐이식을 고려하기 전에 위험 감소 행동의 설득력 있는 증거(예: 약물 남용 및/또는 의존성에 대한 치료 참여)를 입증해야 합니다. 주기적인 혈액 및 소변 검사를 통해 금욕을 확인할 수 있습니다.

폐이식 수술의 주요위험

이물질이나 조직에 대한 정상적인 신체 반응인 거부반응은 폐이식의 가장 큰 위험 요소입니다. 다른 사람의 장기가 사람의 몸에 이식되면, 그들의 면역 체계는 그것을 위협으로 보고 그 장기를 공격합니다. 이식된 장기가 새로운 신체에서 생존할 수 있도록 하기 위해, 면역억제제는 면역 체계를 속여 이식을 공격하지 않도록 하는 데 사용됩니다.

거부반응을 예방하거나 치료하는 약은 부작용이 많으며, 이외에도 수술 후 출혈, 감염, 새 폐로 가는 혈관 막힘, 기도 막힘, 심각한 폐부종(흉수), 혈전이 수술 후 주요 위험 요소로 알려져 있습니다.

폐이식 수술의 방법

이식 수술은 평균 약 6~12시간 정도 소요되며 수술 중에 산소 포화도가 떨어지고 폐동맥압이 올라가며, 환자의 혈역학적 상태가 불안정하게 되는 경우에는 인공심폐기나 체외막 산소교환기(ECMO: Extra Corporeal Membrane Oxygenation)의 도움하에 수술을 진행하며 수술은 일측 폐를 절제한 후에 기관지, 폐정맥-좌심방, 폐동맥-폐동맥을 문합하는 순서로 진행이 됩니다. 수술 후에는 환자를 중환자실로 옮겨서 집중 관리하며 회복상태에 따라서 인공호흡기로부터 이탈하고 특별한 문제가 없으면 약 일주일 이내에 일반병실로 이송하여 재활치료를 하면서 퇴원준비를 하게 됩니다. 이식 수술 후에는 평생 면역억제제를 복용하게 되며 정기적인 검진을 통하여 환자 상태, 면역억제제의 농도 등을 관리하게 됩니다. 수술 후 폐기능은 점진적으로 향상이 되어 수술 후 약 6개월이 지나면서 최고의 폐기능을 보이기 때문에 꾸준하게 운동을 통하여 신체가 적응해 나가기 위한 재활치료를 하는 것이 필요합니다. 순조롭게 회복되는 환자들은 수술 후 1년, 3년, 5년이 지나도 활동의 제한을 전혀 받지 않고 일반인들과 같은 수준의 운동능력을 가질 수 있게 되며 등산, 수영, 스키와 같은 일상적인 운동도 즐길 수 있다고 합니다.

기증자의 장기적출 수술

폐이식 수술의 대부분은 뇌사자로부터 장기를 기증받고 있습니다. 뇌사란 뇌가 어떤 질환이나 외상 때문에 그 기능이 장애를 받아 모든 능력이 상실되어 의식을 잃게 되고 혼수에 빠져 스스로 호흡을 못 하고 인공호흡기를 활용하여 맥박, 체온, 호흡, 혈압은 일시적으로 유지할 수는 있으나 어떤 치료를 하여도 도저히 회복될 수 없는 불가역적인 상태를 말합니다. 뇌사자는 수일 내지 길어야 2주 안에 신장, 간장, 췌장, 등 여러 장기가 기능을 못 하게 되면서 심장 정지가 초래되어 결국은 심장사에 빠지게 됩니다. 2000년 2월부터 뇌사는 사망으로 인정되고 있으며, 상태가 나빠지기 전에 장기를 기증할 수 있습니다. 기증할 수 있는 장기는 심장, 폐,

간장, 신장, 췌장, 안구, 뼈, 조직 등입니다. 1명의 뇌사자가 장기기증을 할 경우 최대 9명에게 새로운 삶을 선물할 수 있다고 합니다. 국내 장기이식 대기자는 약 4만 명이지만 2021년 기증자는 442명으로 기록되어 있다고 합니다. 뇌사 시 장기기증은 만성질환으로 고통받는 환자들에게 새로운 삶의 기회를 줄 수 있으며 고인과 유가족의 동의하에 기증자의 장기가 새 생명을 잇기 위해서는 아래의 절차에 의해 장기적출이 된다고 합니다.

1) 기도로 시작하는 장기적출 수술, "누군가의 사랑이었고, 누군가의 그리움인 OOO님께서 오늘 이 땅에 사랑의 꽃씨를 뿌리고 떠나십니다. 고인이 주신 나눔의 사랑이 더욱 널리 퍼지게 해주시고, 가시는 길에 평안과 안식이 있길 빕니다. 삼가 고인의 명복을 빕니다."

2) 수술실 안에서 기도와 추모사가 마치면 수술이 시작됩니다. 고개를 숙이고 묵상하던 모든 의료진은 타임아웃(time-out)제에 따라 잠시 멈추고 환자 이름, 등록번호 등 환자 정보를 확인한 후 메스를 듭니다.

3) 장기이식 코디네이터는 고인의 정보를 인식하며 적출된 장기가 손상되지 않고 옮겨질 수 있도록 여러 준비물과 아이스박스

를 가지고 기증자 이름, 장기 명칭, 이송 책임자인 장기 코디네이터 이름을 적습니다. 아이스박스에 밀봉된 장기는 주로 앰뷸런스, 비행기, 헬기, KTX등 이용하여 허혈시간(장기에 혈류가 통하지 않을 때부터 수혜자의 몸에서 다시 관류되기 전까지의 시간)을 줄이도록 적출 장기 이송자들이 최선을 다하게 됩니다.

가톨릭 신문 2021년 9월 5일(발행일자)에 실렸던 장기 코디네이터의 기사를 보니, 그분은 고귀한 사랑의 선물에 수혜자분들이 감사하여 건강한 삶을 살 수 있도록 최선의 노력을 다해주시면 좋겠다고 하시며, 오늘도 어렵지만 또 다른 생명을 살리기 위해 힘껏 달린다고 하셨습니다. 이렇듯 폐이식 수술 이전에 기증자분과 장기 코디테이터, 적출 수술에 참여하는 의료진, 기증된 장비의 이동을 위해 힘써주시는 분들의 도움으로 만반의 준비가 됩니다.

1-4

폐이식 절차

1) 폐이식을 수술을 앞둔 환자는 호흡기내과 또는 흉부외과 병동
   에 입원하거나 외래 진료를 통해 정밀 검사를 받습니다. 이는
   수술 금기 질환 또는 폐 이외의 장기의 기능을 평가하는 것으
   로 검사를 통해 폐이식 수술 전 치료가 필요한 질환이 있는지
   확인합니다.

<**정밀 검사 항목**>

- 세균 및 바이러스 감염 검사, 이식 관련 검사.
- 폐기능 검사, 6분 걷기 검사, 결핵 감염 검사.
- 심장초음파, 심근단층촬영, 심장 CT.
- 골다공증 검사.
- 종양 검사: 위, 대장 내시경, 복부 CT 등.
- 유방초음파 또는 유방기본촬영술(여성의 경우).
- 타과 협진: 안과, 이비인후과, 치과, 정신건강의학과, 감염내과, 재활의학과, 산부인과 또는 비뇨의학과.

* 필요에 따라 추가검사 및 진료를 시행할 수 있습니다.

2) 다학제간 논의: 호흡기내과, 흉부외과, 감염내과, 영상의학과, 마취통증의학과 등 각 분야의 전문의와 장기이식 코디네이터가 함께 다학제간 논의를 합니다. 환자의 정밀 검사 결과를 평가하고, 폐이식 외 다른 치료로 환자의 상태를 호전시킬 수 있을지 판단합니다. 논의 결과에 따라 폐이식 대기자로 등록되거나, 이식 외 다른 치료방법을 환자에게 권유하기도 합니다.

3) 뇌사 폐이식 대기자 등록: 정밀 검사 결과를 확인 후 장기이식센터로 방문해 상담을 받은 뒤 뇌사 폐이식 대기자로 등록을 합니다. 장기이식센터에서 보건복지부 국립장기조직혈액관리원(KONOS)에 뇌사 폐이식 대기자로 등록합니다. (장기이식등록비:

폐이식 수술 후 엄마의 5개월간 투병기록

30,000원) 뇌사 페이식 등록 후 유지를 위해서는 매년 정기적으로 해당 과의 진료를 보고 보관용 혈액을 채취해야 합니다. 보관용 혈액은 전국 뇌사자 관리기관에 이송되며 뇌사자가 발생했을 때 백혈구 항원 교차반응 검사를 시행하는 데 사용됩니다(혈액검체보관비용: 전국 권역 채혈로 15,000원+전국 권역 이송료 4,000원).

※ 페이식 대상자 선정 기준

뇌사 장기기증자 발생 시 페이식 대상자 선정은 '장기 등 이식에 관한 법률'이 정하는 규정에 따라 순위가 결정됩니다. 국립장기조직혈액관리원(KONOS)의 장기이식정보시스템에서 혈액형, 대기기간, 나이, 의학적 상태(응급도 0, 1, 2) 등 다양한 요인을 고려해 자동으로 순위가 결정됩니다. 수혜자와 기증자 간 이식이 가능한 혈액형은 다음과 같습니다.

환자 혈액형	수혈 가능한 혈액형			
A+	A+		O+	
B+	B+		O+	
O+	O+			
AB+	A+	B+	AB+	O+

4) 뇌사자 발생 시 입원 후 필요한 검사 시행: 폐이식 수술은 뇌사자 발생에 따라 응급으로 진행됩니다. 따라서 등록된 비상 연락 전화를 항상 휴대합니다. 뇌사 기증자가 발생해 폐이식 대상자로 선정되면 의료진의 안내에 따라 금식을 하며, 응급실을 통해 내과계 중환자실에 입원해 수술 전 준비를 합니다. 과거에 수술 또는 수혈을 받았거나, 임신 및 출산 경험이 있는 경우, 항체동정검사가 양성인 경우에는 폐이식 수술 전 응급으로 뇌사 기증자와 본인의 혈액으로 백혈구 항원 교차반응 검사를 시행합니다.

5) 검사 결과 확인 후 폐이식 수술 시행: 검사 결과를 확인 후 폐이식 수술을 시행합니다. 수술은 약 6~12시간 정도 소요됩니다. 뇌사 기증자와 백혈구 항원 교차반응 검사 결과 또는 뇌사 기증자의 상태 변화에 따라 이식 수술 준비 중에 드물게 취소될 수 있습니다.

6) 수술 후 중환자실 입실: 수술이 끝나면 중환자실 격리 병실에서 약 1~2주간 집중 관리를 받게 됩니다. 이후 호흡기내과 병동 1인실 격리 병실로 전동해 약 3~4주간 치료 후 퇴원합니다.

7) 퇴원: 퇴원 후 정기적으로 외래 진료를 받습니다. 거부반응을 예방하기 위해 모든 환자는 면역억제제를 매일 먹어야 하며, 복용 기간은 이식된 폐가 기능을 유지하는 한 계속 투약해야 합니다.

※ 수술 후 주의사항

수술 후에는 이식된 폐의 거부반응을 예방하기 위해 면역억제제를 지속적으로 복용하게 되어 체내의 면역 기능이 저하되므로 특히 감염에 노출되지 않도록 주의하셔야 합니다. 거부반응과 면역억제에 의한 합병증을 예방하기 위해 면역억제제의 혈중농도를 확인하여 복용량을 조절합니다. 또한 이식 후 폐기능 및 합병증 유무 확인을 위해 자주 병원에 가서 진찰을 받아야 합니다. 상태가 좋은 경우 외래 방문 횟수는 점차 줄어들게 되어, 약 한 달에 한 번씩 병원에 가면 됩니다.

1-5

입원 준비물

신분증, 진료카드, 휴대폰, 휴대폰 충전기, 휴대폰 거치대, 이어폰, 세면도구(치약, 칫솔, 비누, 샴푸, 손세정제, 수건, 드라이기), 여분의 옷(속옷: 입원할 때와 퇴원할 때만 입을 수 있습니다), 스카프 또는 목도리 등의 넥워머(여름에도 에어컨으로 추울 수 있습니다), 카디건, 숄, 앞이 트인 패딩 조끼, 플리스점퍼나 모자 달린 집업점퍼, 수면양말, 무릎 담요, 목베개, 보호자용 베개와 이불(병원에서 지급이 안 됩니다), 종이컵, 빨대컵, 빨대, 생수, 포크와 과도, 물티슈, 갑티슈(미용티슈), 소독티슈, 비데티슈, 귀마개, 안대, 손톱깎이, 귀이개, 기타(책, 스마트폰, 태블릿, 노트북, 충전기).

※ 주기적으로 회복기에 주문해야 하는 환자 소모품

겉기저귀, 속기저귀, 사용한 기저귀 버리기용 대형 비닐봉지, 깔개매트(항생제 투여로 설사가 잦기 때문에 침대시트에 깔아야 하며, 넓게 두 개를 위아래로 써야 침대시트를 자주 갈지 않게 됩니다), 비닐장갑(기저귀 갈 때마다 사용해야 합니다), 일회용 마스크(병원에 따라 KF94 마스크 또는 오랜 기간 입원 시 갑갑해하는 환자들은 덴탈 마스크 사용할 수 있기도 합니다).

1-6

폐이식 수술 후 퇴원 후
지켜야 할 장기이식자의 퇴원 교육

　이식 환자의 경우 면역억제제에 의해 감염에 대한 방어기능이 억제되며 잘 생기는 감염으로는 요로감염, 호흡기 감염, 담도 감염이 있습니다. 감염의 증상으로는 고열, 기침, 가래, 인후통, 객혈, 호흡곤란, 빈뇨, 배뇨통, 요도작열감 ,잔뇨감, 복통, 복부 불편감, 오심, 구토, 황달 등이 있으며, 감염의심증상 발생 시에는 장기를 이식받은 병원의 장기이식 코디네이터에게 연락합니다.

가글

구강을 통한 감염을 예방하기 위해 가글을 사용합니다. 가글 후 입안을 물로 헹구어 내지 말고, 2시간 동안 음식을 삼가합니다. 여러 가지를 동시에 사용하는 경우 시간차를 두고 스케줄에 따라 사용합니다.

종류	예방균	색깔	사용방법
헥사메딘 가글	세균	연분홍색	약 15cc 약 30초간 가글 후 뱉어냄 (하루에 3번)
니스타틴	곰팡이균	노란색	원액 5cc를 약 1분간 가글 후 삼킴, 희석액은 15cc를 가글 후 뱉어냄(하루에 4번)
포비돈 가글액 (베세틴)	세균, 바이러스, 곰팡이균 등	붉은색	약 15cc를 약 30초간 가글 후 뱉어냄

식이

이식을 받은 직후 약 1개월간은 멸균 처리된 식품, 통조림, 가열된 음식은 허용되며 생채소, 생과일, 젓갈류 등의 날음식은 제한됩니다. 그러나 대부분의 환자에서는 스테로이드의 부작용으로 식욕이 지나치게 증가하여 비만에 빠지게 될 확률이 높습니다. 비만이 될 경우 당뇨병, 고지혈증과 같은 성인병이 합병될 가능성이 매우 높으므로 식욕을 조절하여 체중이 증가하지 않도록 예방하는 것이 좋습니다. 또한 스테로이드는 체내에 소금을 저장하여 체내 수분 저류를 많게 하기 때문에 혈압상승을 일으킵니다. 소금의 섭취를 피하기 위해서는 요리 시 소금 사용을 줄이고 짠 음식은 피합니다. 면역억제제 성분의 체내 분해를 방해하기 때문에 자몽, 석류, 오미자는 섭취하지 않습니다.

식품군	허용식품	주의식품
곡류	가열 조리한 쌀, 면, 감자, 고구마 떡 등	조리되지 않은 곡류, 포장되어 있지 않은 빵, 과자류
	포장되어 있는 빵류, 과자류	
	모든 종류의 시리얼	
어육류	충분히 익힌 육류, 생선, 해산물, 가공육류, 달걀, 두부	익히지 않은 육류, 생선, 해산물, 가공육류, 달걀, 두부
	충분히 익힌 어패류(여름철에는 주의)	훈제연어 및 생선류
	통조림 육류, 생선 식품	익히지 않은 젓갈류
채소류	가열 조리한 채소	조리식품점 판매 샐러드
	가열 조리한 냉동, 통조림 채소류	생채소, 김치, 생과일 → 수술 후 1개월이 지나면 섭취 가능
과일류	살균 처리된 과일 주스: 상품화된 개별포장 과일주스류	냉동과일
	개별 포장된 건과일, 통조림 과일	살균되지 않은 생과일 주스

식품군	허용식품	주의식품
유제품류	살균 유제품: 우유, 두유, 요구르트, 요거트 등	살균되지 않은 유제품, 치즈 등: 익히지 않은 채소, 칠리 포함 치즈
	치즈(슬라이스치즈, 모짜렐라치즈 등)	곰팡이 발효 치즈 (블루, 고르곤 졸라등)
		갈아놓은 체다, 까망베르, 페타, 브리치즈
	개별 포장된 아이스크림	포장되지 않은 소프트 아이스크림, 빙수
음료류	시판 생수	
	캔, 유리병, 페트병, 종이팩 등	
	개별포장되어 냉장보관 되어있는 음료	
	파우더 제품의 음료	
	상품화된 영양보충용 제품	
	예) 그린비아, 뉴케어	
양념류	설탕, 소금	
	고추장, 된장, 간장	
	가열 조리 후 조리된 소스류: 냉장보관	
	잼, 시럽, 케첩, 머스터드, 바비큐 소스 등: 개봉 후 냉장보관	
	견과류	
	껍질을 벗겨 충분히 가열한 후 섭취	

식재료 구입 순서

시장이나 대형마트에서 시장을 볼 때는 꼭 아래의 순서에 맞춰 식품의 신선도를 최대한 잘 유지하고 집의 냉장고에 잘 보관하도록 합니다.

1. 냉장이 필요 없는 식품
2. 과일, 채소
3. 냉장가공식품(유제품, 가공육 등)
4. 육류, 계란
5. 어패류

식품을 구입하실 때에는 고기나 생선 등의 즙이 새어 다른 식품에 묻지 않도록 하고, 유통기한을 반드시 확인하며, 통조림류 구매시 포장 상태를 확인합니다. HACCP인증을 보고 구매하는 것도 좋습니다. 만약 구매 장소에서 집까지 오래 걸린다면 아이스박스, 아이스팩을 시장 보러 가기 전에 미리 준비해서 가져갑니다.

원재료/조리식품 구분 보관

원재료는 덮개를 덮어 조리한 식품과 다른 선반에 보관하고, 조리한 식품은 용기에 담아 덮개를 덮어 냉장고에 보관하며, 냉장고에서 조리했던 나물 등을 꺼내어 다시 먹을 때는 전자레인지에 뜨겁게 데워서 먹습니다. 식품별 보관 기관은 아래 표를 준수하고, 보관 기간이나 권장 온도가 지켜지지 않았다면 폐기하도록 합니다.

식품명	권장 온도	저장기간
조리한 육류	4℃ 이하	1~2일
다진 고기(햄버그스테이크 등)	4℃ 이하	1~2일
조리한 드레싱	5℃ 이하	3일
조리한 소스류	5℃ 이하	7일

조리준비

- 손씻기: 흐르는 물에 비누로 30초 이상 씻습니다.
- 조리도구 세척, 소독, 건조: 조리준비에 필요한 도구들은 100℃ 이상 끓는 물에서 소독하며, 칼자국이 많은 도마는 사용하지 않습니다.
- 채소, 과일 세척: 채소는 흐르는 물에 3회 이상 세척합니다.
- 조리도구 용도별 구분 사용: 육류, 생선 및 생채소는 칼, 도

마를 구분하여 사용합니다.

- 해동방법: 전자레인지로 해동 즉시 조리하고 냉장고에서 하루 전 해동은 가능하지만 실온해동은 안 됩니다.
- 식품조리: 충분히 익혀서 먹기, 맨손으로 조리하지 않기, 충분히 익지 않은 상태에서 음식의 간 보지 않기.

재가열

- 남은 음식을 다시 데울 경우에는 75℃, 1분 이상 충분히 가열합니다.
- 국이나 찌개류는 팔팔 끓입니다.
- 전자레인지로 사용 시 충분히 가열되지 않는 부분이 있을 수 있으므로 뚜껑을 덮고 조리하고 휘젓거나 섞어줍니다. 회전판이 없는 경우 조리 도중 식품 용기의 위치를 바꿔줍니다. 종료 후 2분 정도 열이 퍼지도록 기다립니다.
- 따뜻한 음식은 따뜻할 때, 차가운 음식은 차가울 때 먹습니다.
- 외식 시 청결한 식당에서 개별적으로 끓여져 제공되는 음식만 선택합니다.
- 상온에 오래 노출되거나 손이 많이 가는 음식, 뷔페나 샐러드 바 이용에 주의합니다.

폐이식 수술 후 엄마의 5개월간 투병기록

◦ 의심스러운 음식은 맛을 보지 않습니다.

감염을 줄이는 식사 준비를 할 수 있도록 식중독 예방 6대 수칙을 반드시 지킵니다.

1. 흐르는 물에 비누로 30초 이상 씻기.
2. 육류 중심온도 75℃(어패류는 85℃) 1분 이상 익히기.
3. 물은 끓여서 마십니다.
4. 식재료, 조리기구는 깨끗이 세척하고 소독합니다.
5. 날음식과 조리음식을 구분하여 깨끗이 세척하고 소독합니다.
6. 냉장식품은 5℃ 이하, 냉동식품은 -18℃ 이하.

이식 이후 안정기 식사요법으로는 과도한 열량 섭취 및 단백질 섭취 주의합니다. 필요시 합병증에 따른 식사요법 교육을 받아 과도한 체중 증가, 이상지질혈증, 고혈압, 골다공증, 고요산혈증 등 영양상담을 받으시려면 의사선생님의 오더가 필요합니다.

직장생활이나 학교생활은 보통 3~6개월 후 의료진과 상의 후 다시 시작하며, 음주, 흡연 금지, 이식 후 6~8주 동안 자가운전은 위험합니다. 예방접종 되지 않은 애완동물은 접촉 금지하고, 곰팡이 균에 항시 주의해야 하기에 화분, 흙을 직접 만지지 않도록 합니다.

자몽, 오미자, 석류 섭취는 되도록 삼가하며, 비데는 사용하지 않습니다. 이식 후 6개월간은 마스크를 쓰고 외출을 합니다. 다른 약(한약, 홍삼, 건강기능식품)은 절대 먹으면 안 됩니다. 꼭 복용을 하셔야 한다고 생각되는 경우 이식팀과 상의 후 복용 여부를 결정해야 합니다.

그리고 다른 병원을 가야 할 때에는 이식 환자이며, 면역억제제를 복용하고 있다는 사실을 반드시 알려야 합니다. 피부에 이상이 있으면 의료진에게 알리고, 평소 자외선을 조심(장시간 햇빛에 노출이 안 되게 하고, 자외선 차단 크림과 모자 등을 사용)합니다. 해외여행 가야 할 때는 정글, 오지 탐방 등의 여행은 자제하며, 담당의사에게 미리 여행지와 일정을 최소 두 달 전 상의하고 필요한 예방접종과 약, 영문 진단서를 미리 준비하도록 합니다. 질병관리본부 해외여행질병정보센터(http://travelinfo.cdc.go.kr)에서 필요한 예방접종을 확인할 수 있습니다.

이식 후 환자들은 일반인에 비하여 암 발생 위험이 3배가량 증가하기 때문에 집중적인 암 예방 및 검진(두경부암, 대장암, 위암, 폐암, 피부암, 혈액암, 전립선암(남), 유방암, 자궁경부암(여))은 필수입니다. 고열(38도 이상), 심한 두통이나 근육통, 이식 장기 주위의 통증, 소변: 소변량이 확실히 줄어들고, 혈뇨, 배뇨 시 통증이 발생할 때와 설사, 혈변, 회색변이 나오거나 심한 부종과 급격한 체중 증가(하루에 1kg 혹은 1주일에 2kg 이상)가 발생될 경우에는 바로 병원을 방문하도록 합니다.

약물 복용

페이식 후 상시적으로 이식받은 폐에 대해서 우리 몸의 면역 시스템이 이식한 폐를 적으로 인식해서 공격할 수 있기 때문에 이를 방지하기 위한 평생 면역억제제를 복용해야 합니다.

거부반응에 대한 증상으로는 고열(일정 시간에 매일 체온을 측정 필요), 호흡곤란, 피로감, 식욕부진, 운동능력의 현저한 저하, 기침, 가래 등이 있으며 증상이 나타나면 바로 병원에 연락해서 필요한 검사 및 진료를 받습니다. 면역억제제를 복용하게 되면 염증 감염에 대한 우려와 기타 부작용이 발생될 수 있는데 이는 면역억제제를 복용하면서 면역 상태가 저하되어 감염에 취약하게 되기 때문입니다. 대표적으로 폐렴, 열, 피로, 지속된 기침, 가래 색깔 변화(노란색), 호흡곤란 등이 있으며 이러한 증상이 나타나도 바로 병원에 연락해서 치료를 받도록 합니다. 면역억제제는 정해진 시간에 정확한 용량의 약을 복용해 항상 일정한 약물 농도를 유지할 수 있도록 꼼꼼히 체크하는 노력이 필요합니다. 외출이나 여행 시에도 항시 여분의 약을 지참하여 혹시 모를 상황에 대비하도록 하며 추가적인 약물 복용이 필요할 시 반드시 의료진과 상의 후 복용합니다. 면역억제제 외에도 합병증 치료나 증상 완화, 기타 목적으로 여러 가지 약물을 복용하게 됩니다. 약은 정해진 양을 정해진 시간에 복용하고 약이 떨어지기 전에 반드시 외래 방문하여 처방을 받습니다. 혈중농도를 측정하는 약물(타크로리무스(Tacrolimus), 사이클로스포린(Cyclosporine), 시롤리무스 (Sirolimus) 등)의 경우 채혈 당일, 약을 챙겨와서 채혈 후 복용합니다. 입원을 하거나 새로운 병원에 가게 될 경우에는 복용 중인 약물이나 처방전을 가져가며, 거부반응 및 감염증상이 의심될 경우 이식팀에 상의합니다. 채혈검사 후 면역억제제를 복용해야 면역억제제 농도 검사 결과가 정확하므로 아침 복용약을 병원에 가지고 와서 채혈 후 복용합니다.

면역억제제 복용 중 주의사항

○ 이식 후 당뇨: 정기적인 혈당 체크와 필요시 약제 사용(원인: 면역제제, 스테로이드제 등)

○ 고혈압, 고지혈증: 정기적인 혈압 체크와 필요시 약제 사용

○ 비만: 식이, 운동 등 전반적인 관리 필요

○ 고지혈증:식이 조절 및 필요시 약제 사용

○ 골다공증: 필요시 약제 사용

○ 신장 기능 장애: 다른 약제(예:소염진통제) 복용 주의: 이식 후 시간이 경과하면 일부 환자에게서 발생

○ 특정 암 발생 위험도 증가 → 임의로 약물 복용을 변경하지 말고 담당의사와 반드시 상의

○ 정기적인 검진을 통한 문제의 조기 발견 및 치료가 중요
○ 이식 후 사람마다 면역억제제의 흡수와 대사 정도가 다르기 때문에 혈중농도에 따라 용량을 조절하게 됩니다.

공복시간

1) 오전 8시, 오후 8시 복용할 경우: 6시~9시 사이 공복

2) 오전 10시, 오후 10시 복용할 경우: 8시~11시 사이 공복
  – 최선을 다해 복용시간, 용법, 용량을 지킵니다(2시간 전 식사).

* 약물 복용을 잊은 경우에는 생각났을 때 일단 빨리 약을 복용합니다. 이 때 2회 용량을 한꺼번에 복용하면 절대 안 됩니다. 복용시간이나 채혈시간이 달라진 경우 진료 시 특이사항을 담당의사에게 알립니다.

정기적인 예방접종 (이식 후 6개월 뒤부터 가능합니다)

매년 가을 독감 예방주사, 5년에 한 번 폐렴구균 예방주사, 10년에 한 번 파상풍 예방주사를 이식 후 6개월 뒤부터 맞습니다.

* 모든 예방접종은 사백신(인플루엔자, 폐렴구균, 파상풍 백신 등)만 가능합니다. 일반적으로 금지되는 예방접종(생백신)으로는 흡입형 인플루엔자, 일본 뇌염, BCG, 수두, 홍역, MMR, 풍진, 경구용 폴리오 예방접종, 경구용 장티푸스 등이 있습니다. 함께 지내는 가족들 또한 생백신을 맞을 경우에는 주의가 필요하며 가능하면 생백신으로 맞는 경구용 폴리오, 흡입형 인플루엔자, 일본 뇌염은 금기하거나 사백신으로 대체합니다. 경구용 로타바이러스 백신도 주의합니다.

운동

수술 후 3개월까지는 무거운 물건을 들거나 격렬한 운동은 금지입니다. 운동은 걷기, 계단 오르기부터 차례로 조심스럽게 시행합니다. 운동의 강도는 일반인에 비하여 서서히 증가시키는 것이 좋으며 피곤함을 느끼면 즉시 휴식을 취하는 것이 좋습니다. 자전거 타기, 수영, 걷기는 스태미나를 증가시키고, 근육의 강도, 정서적인 안정 등에 도움이 됩니다. 운동시간은 매회 약 30분에서 1시간 정도가 적당하며 유산소 운동은 1주일에 3~5회, 근력운동도 병행이 중요하며 고관절, 무릎, 발목, 어깨 관절 운동은 무리가 가지 않게 주의합니다. 스킨스쿠버. 수영, 다이빙, 부상 위험이 높은 운동은 피해야 합니다.

이식 후 건강을 관리하기 위해서는 다시 찾은 새로운 삶에 대한 책임감을 가지고 의료진과 친밀한 관계를 유지하며 지속적으로 건강하게 몸을 관리하도록 합니다. 퇴원 후 정기적인 검사를 하지 않거나 투약 지시 소홀로 의식 거부반응, 기존 질환의 재발이 위험이 높아질 수 있기 때문입니다. 새로 이식받은 장기가 제자리를 잡기 위해서는 시간이 필요합니다. 너무 조급한 마음을 갖지 않도록 합니다. 처음 몇 개월 동안은 병원 방문과 많은 약물에 대한 스트레스, 피로감, 면역억제제 영향을 우울증과 감정의 기복을 느낄 수 있기에 가족의 지지가 필요합니다.

수술 전
이야기

2-1

엄마의 어린 시절부터
수술 전까지의 건강 상태

  1953년생인 엄마가 기침에 대해서 기억할 수 있었던 가장 어린 시절은 중학교 2학년 때이며, 환절기만 되면 감기에 쉽게 걸리고 그때마다 기침이 심해져서 수업시간에는 복도로 잠깐 나가서 실컷 기침을 한 번에 할 수 있는 데까지 많이 하고 다시 교실로 들어갔었다고 하셨습니다. 고등학교 졸업 후 은행에 취업해서는 그렇게 기침에 대한 기억이 없는데, 직장을 그만두고 아이 셋을 키우며 맞이하는 겨울마다 밤새 잠을 잘 수 없을 정도로 기침이 심해졌다고 하셨습니다. 저희 삼 남매를 다 키우신 후 1996년도에 병원 원무과에 재취업을 하였는데 그때도 겨울만 되면 기침이 심해져서 호흡기내과에서 엑스레이를 찍어보았지만, 엑스레이상에 문제가 없다고 하여 기침약을 처방해서는 효과를 보고 별다른 추가검사를 하지 않고 생활하셨습니다. 2006년에 유독 기침이 심해서 일상생활이 어려울 정도가 되어 의사선생님의 권유로 입원해서 폐 CT 검사를 했는데, 결과 간질성 폐질환으로 시한부 2년을 선고를 받으셨습니다. 그때부터 간질성 폐질환에 대한 약 처방을 받기 시작하며 하루에 스테로이드 약을 6알을 복용하기 시작했고, 두 달에 한 번 엑스레이를 찍으며 6개월 정도 지나 차도가 보이자 스테로이드 약을 5알로 줄이셨습니다. 그 뒤로 3개월 후 4알, 3개월이나 6개월에 한 번씩 스테로이드를 줄이면서 4년간 하루에 스테로이드 약을 2알씩 복용하다가 2011년부터는 1알 반으로 줄여서 2022년 8월 31일 폐이식 수술을 하기 전까지 복용하셨습니다. 스테로이드 약을 처음 처방을 받았을 때 의사선생님으로부터 당뇨병 및 고혈압 등의 성인병이 합병증으로 올 수 있다고 안내를 받았으나 별도의 성인병 합병증의 증상이 2014년까지는 없었습니다. 그런데 2014년 새끼손가락 골절로 정형외과에서 입원해서 수술하게 되며 당뇨병이 생긴 것을 알게 되었지만 당뇨병을 인정하기 싫어서 1년간 당뇨 및 고혈압약을 처방을 받지 않으셨습니다. 그러다가 당뇨수치가 많이 올라가게 되며 인슐린 약을 처방을 받아 폐질환 약과 함께 대학병원에서 치료를 받기 시작하였습니다. 성인병 합병증 이외에 쇼그렌증후군이 발생하여 2006년 류마티스내과에서 자가면역질환으로 판정받고, 산정특례 대상자로 지정받으며, 병원비에 대한 부담이 줄어들었다고 하셨습니다. 연세가 들면서 엄마는 골다공증이 생겼고 이에 대해 산부인과에 진료를 의뢰를 하였지만 간질성 폐질환 때문에 골다공증에 대한 약을 산부인과 의사선생님이 함부로 처방을 할 수 없다고 하여 류마티스내과 의사선생님이 내분비내과에 의뢰하여 골다공증약을 하루에 아침, 저녁 2알 먹고, 6개월마다 한 번 골다공증 주사를 맞았습니다. 이렇게 2006년도 이후로 계속 진료를 받고 있고 2개월에 한 번씩 진료 후 약 처방을 받다가 2018년 4월부터는 집에서 산소통을 대여하여 24시간 산소통을 사용하였고, 잠깐이라고 산소줄을 빼면 산소포화도가 60까지 떨어지게 되었습니다. 병원 진료를 받을 때에는 이동용 산소호흡기를 책가방과 같은 백팩에 넣어 메고 다니시고, 집에서는 대형 산소통에 긴 호스를 연결하여 집안 살림을 하거나 잠을 잘 때에도 늘 산소통을 끼고 계셨습니다. 산소통 대여는 교수님이 렌탈회사를 정보를 주셔서 대여를 해서 썼고 엄마가 호흡기 장애 4등급이기에 보험공단에서 200,000원(대형+휴대용 따로) 정도의 렌탈비용을 지원받았었습니다. 2020년 9월에 교수님께서 폐이식을 한번 생각해 보라고 권해주셔서 폐이식 신청 등록을 하셨습니다. 폐이식 신청 등록 후 2박 3일 대학병원에 입원해서 폐 이식을 받기 위한 관련 검사(MRI, CT, 엑스레이, 피검사 등)를 받으신 후 엄마의 폐 상태가 이식이 아니면 방법이 없다고 하여 폐 기증자의 소식을 기다리고 계시다가 2022년 8월 31일에 기증자의 소식을 병원으로부터 받고, 기증 연락을 받은 당일 폐이식 수술에 들어가게 되셨습니다.

2-2

폐이식 수술 당일

2022년 8월 31일 무더운 여름날 지난주부터 몸이 안 좋아지셔서 저희 집에서 지내고 계시던 엄마가 조금 더 필요한 물건이 생겼다며 엄마 집에서 짐을 좀 더 챙겨오고 싶다고 하셔서, 엄마를 모시고 엄마 집에서 짐을 챙겨오기로 하였습니다. 사실 최근에 기침이 더 심해지시기도 하셨지만 10년이 넘게 새벽마다 심한 기침으로 아빠를 잠 못 자게 한다고 늘 눈치를 보며 잠에 드시던 엄마에게 요리하고 설거지할 때 기침을 한다며 새삼스레 지적했던 아빠의 말에 너무 속상해서 저희 집에 오시게 되었던 것입니다. 그 긴 시간 동안 엄마의 심한 기침으로 병원을 오가며 집에서 같이 생활하며 아빠도 많이 힘들었을 것이라 머리로는 이해가 되지만 마음으로는 정말 너무하다는 생각이 들어 엄마가 원하시는 일은 다 도와드리기로 마음을 먹고 남편과 함께 엄마를 도와드리게 되었습니다. 이상하게 그날은 엄마가 혹시라도 엄마가 우리 집에 계시는 동안에 병원에서 폐이식 기증자가 생겼다고 연락이 올 수도 있으니, 세면도구, 성인용 기저귀, 슬리퍼 등 여러 입원 준비물을 챙겨두었던 가방도 같이 가져가자고 하셨습니다. 몇 차례 기증자가 나타났다고 병원에서 연락은 받았었으나 엄마 차례는 앞에 수십 명의 많은 대기자분들이 먼저 수술을 하게 되었던 적이 여러 차례 있어서 입원용 가져갈 가방을 챙기자는 엄마의 말씀에 굳이 지금 이 짐을 싸지 않아도 될 텐데 하는 생각을 했다가 엄마가 이토록 많이 기다리고 계시나 보다 하며 조용히 다른 짐들과 함께 엄마의 입원 준비 가방도 같이 챙겼습니다. 먼저 제가 엘리베이터로 내려가서 짐을 차에 싣고 있었는데 아직 집에 계시던 엄마가 떨리는 목소리로 전화가 왔습니다.

> "엄마 왜 안 와요?"
> "은지야…. 오늘 사건 생겼다. 장기이식실에서 지금 전화 왔어. 빨리 준비하고 병원으로 오라고. 리스트에 지금 올려놨다고 하니까 얼른 가야겠다."
>
> 2022년 8월 31일 수요일 오전 11시 9분

거짓말 같았습니다. 저희 집으로 가야 하는 짐을 실으러 와서 엄마만 주차장으로 오시면 바로 집으로 출발하기로 했는데 이렇게 장기이식실에서 연락을 받아서 병원으로 목적지를 바꾸다니. 그것도 너무 갑작스럽게 1시까지 코로나 신속항원 검사를 받고 입원 수속을 마쳐야 리스트에 오른 사람 중에서 진짜 이식 수술이 가능한 사람이 될 수 있다고 했습니다. 운전을 하면서 어떻게 우리에게 이런 행운이 찾아왔을까 생각해 보았습니다. 아마도 지난주 산소호흡기를 메고 힘들게 미사를 보셨던 엄마의 간절한 모습을 주님이 보시고 선물해 주신 것은 아닐지….

[엄마 외래 가실 때 오전 금식 후 드실 수 있게 준비했던 김밥]

돌이켜 보면 그날의 기도도 있었지만 31일 엄마가 이식 수술 대기자가 되었다는 연락을 받기 바로 전날 엄마가 외래를 받으셨고 기증자가 나오기 바로 전에 가장 최근의 외래 기록으로 남아서 운이 좋게 연락을 받았을 것 같기도 합니다. 수술 전날인 8월 30일 화요일에 다녀온 외래로 너무나 힘들어하셨던 엄마였는데 폐 기증자가 나타났다는 말씀은 정말 오랜만에 아주 기쁘고 신나는 힘찬 목소리로 전하셨습니다.

엄마의 입원 그리고
폐이식 수술

    남양주 별내에서 혜화동의 서울대학병원 주차장까지 열심히 운전을 했더니, 오후 12시 10분에 도착할 수 있었습니다. 1시까지 입원 수속을 마쳐야 했기에 엄마를 먼저 본관 현관 쪽에 내려드리고 저는 주차장에 갔다가 엄마에게 연락하기로 했습니다. 제가 주차하는 동안 엄마는 신속항원 검사를 15분 만에 결과를 받았고 우리는 오후 1시가 되기 전에 입원 수속을 끝낼 수 있었습니다.

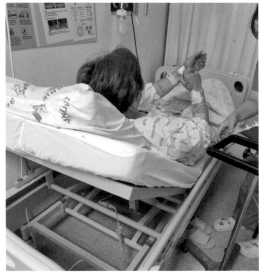

[코로나 신속항원 검사 후 입원을 위해 접수 후 입원하신 엄마]

엄마가 오후 1시 50분에 94 내과 병동에 들어가셨습니다. 환자복으로 환의하신 후 엄마가 간호사들을 통해서 여러 검사를 받고 나는 보호자 질문에 대답을 했습니다. 엄마 발병 시기, 지금 드시는 약, 요즘 엄마가 일상생활을 지내는 상태 등 수술 전 필요한 질문들을 받아 제가 아는 선에서 답을 해드렸습니다. 오전 11시에 기증자 콜을 받고 시간은 계속 지나 오후 3시 반이 되었을 무렵, 젊고 키가 큰 기증자가 조금 전 앰뷸런스를 통해 도착했고 다른 장기들도 기증을 받게 되어 4시부터 6시까지 장기적출을 할 예정이며 그분의 폐가 적출이 되는 대로 바로 엄마는 폐이식 수술을 받기 위해 수술장으로 들어가면 된다고 하였습니다. 의사선생님은 동의서를 엄마에게 받기 전에 동의할 사항에 대해서 안내해 주셨습니다. 기존 폐를 떼어내면 후두에 연결된 신경을 절단해야 하기에 목소리를 잃을 수 있는 위험, 생명을 잃을 수 있는 위험 등 여러 위험에 대한 동의를 하는데 점점 수술을 해도 될까 하는 두려움이 커져서 엄마에게 괜찮겠냐고 다시 여쭤보니 이런 무시무시한 사망동의서에 동의를 해서라도 꼭 수술을 하고 싶다고 하셨습니다. 엄마는 그렇게 많은 수술 동의 사항에 동의를 하시고 두려웠을 텐데 수술실로 들어가면서 "은지야, 내가 결혼한 지 45년이 되었는데 이번 추석에 처음으로 명절 걱정을 안 하고 병원에만 있게 되어서 마음이 남다르네!"하시며 수술 전 한가득 걱정 많아 보이는 딸에게 유머로 안심을 시키셨습니다.

폐이식 수술 후 엄마의 5개월간 투병기록

3장

수술 후
투병 이야기

3-1

외과계 중환자실

가족들에게 엄마의 수술 소식을 알린 후, 세 아이들을 남편과 시부모님께 부탁드리고, 수술실 앞에서 기도하며 엄마가 나오시길 기다렸습니다. 엄마가 오후 6시에 수술실에 들어가신 후 10시간이 지나도 아무 소식이 없어서 외과계 중환자실에 벨을 눌러보니, 엄마는 아직 수술실에 계시다고 했습니다. 그렇게 2시간을 더 기다리고 있는 오전 6시에 수술실에서 외과계 중환자실 2로 이동하는 엄마를 보았습니다. 엄마는 눈을 감고 있었고, 얇은 병원 이불로 살짝 덮인 엄마의 몸은 피와 소독약으로 붉게 물들여져 있었습니다. 엄마를 보자마자 나는 다리에 힘이 풀려 엄마라고 작게 부르지도 못하고 떨리는 다리와 흐르는 눈물을 주체할 수가 없었습니다. 이렇게 쏟아지는 눈물을 흘리며 주저앉아 있다가 중환자실로 엄마가 들어가신 지 몇 분이 지나고 나서야 정신을 차리고 동생에게 엄마가 조금 전 수술실에서 중환자실로 이동하셨다고 전화를 했습니다. 동생은 집에서 엄마 소식을 계속 기다리고 있었던 터라 30분 만에 중환자실에 도착했습니다. 이후 엄마의 폐이식 수술을 집도하신 의사선생님께서 엄마의 수술 결과가 좋지 않다고 말씀하여 주셨습니다. 6시간으로 계획했던 수술이 엄마가 정맥혈들이 짧아서 동맥혈로 이식을 받은 폐를 연결하는 과정에 상당한 시간이 걸리게 되었으며, 이에 따라 이식을 받은 폐가 많이 손상이 되었는지 복수가 차고 있고, 산소포화도가 많이 낮은 상태가 되었다고 하셨습니다. 현재는 인공심폐보조장치인 에크모(ECMO)를 연결해서 호흡을 하고 계시고 중환자실에서 당분간 의식이 회복하기를 기다리는 수밖에 없다고 하셨습니다. 엄마가 만 68세로 올해 70세였기에 나이가 많으셔서 회복이 다른 환자들보다 느릴 수가 있고 수술경과가 좋지 않을 수 있다는 말씀에 수술 내 힘드셨을 엄마와 앞으로 회복하는 동안 엄마가 견뎌야 하는 고통을 생각하니 다시 눈물이 멈추지 않았습니다. 나와 같은 마음으로 옆에서 울고 있는 동생에게 중환자실 첫 번째 면회이자 마지막 면회(코로나 이후 중환자실 입실 후에는 한 환자당 한 번의 가족면회만 가능)를 하라고 연락이 왔습니다.

2022년 9월 1일 오전 7시 35분에 동생과 함께 중환자실로 들어 갔습니다. 엄마의 이름이 적혀있는 병실이었는데 엄마를 알아볼 수가 없었습니다. 그새 퉁퉁 부은 엄마의 몸에 연결된 많은 장치들이 엄마를 숨 쉬게 하고 있는 걸 알고 있지만 엄마 같지 않은 모습에 당장 다 빼서 원래 엄마의 모습으로 돌려놓고 싶었습니다. 의식이 없는 엄마의 손을 잡고 "엄마…. 많이 힘들었죠? 동환이랑 저 왔어요. 엄마 많이 보고 싶었어요. 수술시간이 생각보다 오래 걸렸거든요. 엄마 사랑해요." 엄마가 들으실 수 없겠지만 조금이라도 엄마를 응원하는 말씀을 더 드리고 싶었습니다. 슬픔에 목이 메어서 엄마에게 드리는 말씀을 이을 수가 없었습니다. 동생이 엄마를 부르는 목소리도 나처럼 떨리고 있었습니다. 그렇게 엄마의 손과 발을 몇 번 만져보고, 엄마의 몸에 연결된 많은 관들이 혹시라도 흔들리면 어쩌나 하는 걱정에 인사만 드리고 중환자실을 나왔습니다.

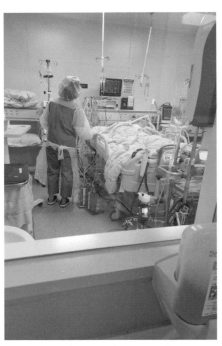
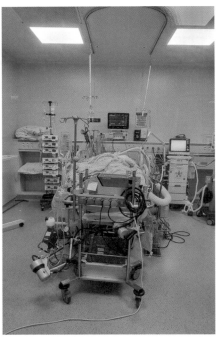
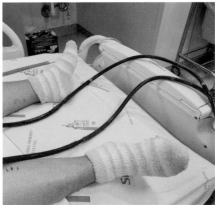
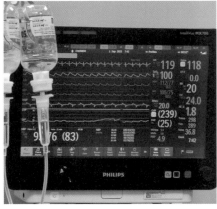

[수술 후 처음 외과계 중환자실에서 만난 엄마]

페이식 수술 후 엄마의 5개월간 투병기록

중환자실에서 나와 폴란드에 있는 언니에게 엄마를 만났다고 전화하니 언니도 엄마의 수술시간 동안 한숨도 못 잤던 것 같은 힘 없는 목소리로 슬픔에 울기만 했습니다.

이제 우리 셋은 각자의 자리로 돌아가 엄마의 회복을 기도하며, 제가 중환자실 연락을 받아 가족들에게 안내하기로 하였습니다.

2022년 9월 5일(수술 후 5일 차)

오후 3시에 외과계 중환자실(SICU)에서 엄마가 내과계 중환자실(MICU)로 옮길 것이라고 연락을 받아서 엄마가 내과계 중환자실로 옮겨진 엄마를 만나기 위해 동생에게 연락하여 병원에 함께 가기로 했습니다. 각 중환자실당 한 번의 면회만 가능했고, 앞으로 엄마가 내과계 중환자실에서 회복하시는 데 얼마나 걸릴 지 예상할 수가 없었기에 병원에 전화해서 환자에게 필요한 물건이 있을지 물어보니, 환자용 기저귀들과 생수 8병 정도 준비해서 갖고 오라고 했습니다. 평소에 주무실 때 발이 시렵다고 힘들어하셨던 엄마가 기억이 나서 중환자실에서 엄마가 의식이 없으시더라도 맨발로 계시면 추울 것 같아서 수면양말 두 개를 챙겨 갔습니다. 동생과 함께 손소독을 하고 장갑을 끼고 들어가서 만난 엄마는 아직 저를 알아보지 못하셨습니다. 엄마의 몸을 만지니 너무 차가웠습니다. 옆에 있는 간호사분에게 엄마 몸이 너무 차가운데 괜찮은 건지 문의하니, 환자 몸이 뜨거우면 감염 위험이 더 높아져서 차갑게 해야 한다고 했습니다. 혹시 수면양말은 신어도 되는지 물어보니 된다고 하여 차가운 엄마 양발에 수면양말을 신겨드렸습니다. 엄마의 차가운 손과 발을 주물러 드리고 양말을 신겨드리는데 왈칵 눈물이 쏟아져 안경에 떨어졌습니다. 눈물을 닦고 그제야 "엄마…. 저희 왔어요." 하니 엄마가 갑자기 눈을 크게 한 번 뜨셨습니다. 의식이 분명히 없으셨는데 무의식중에 내 목소리를 알아들으셨던 걸까 천장을 보며 눈물을 참고 있던 동생도 놀라서 나와 눈이 마주쳤습니다. 정신을 차리고 폴란드에 있는 언니에게 영상통화를 걸었습니다. "엄마~. 언니예요. 언니도 엄마 보고 싶은데 너무 멀리 있어서 같이 못 왔어요." 엄마라고 부르는 언니도 많이 울고 있었습니다. 수술실 들어가시는 엄마를 만나지도 못하고 이렇게 중환자실에 함께 면회를 못 오는 언니의 마음도 많이 힘들 것 같았습니다. 언니와 짧게 영상통화를 마치고 여러 번 엄마를 부르며 손을 잡아도 엄마는 다시 눈을 뜨지는 못하셨습니다. "엄마 많이 힘들죠…. 엄마 수술하는 동안 많이 힘들었으니까 서두르지 마시고, 엄마가 할 수 있는 만큼 회복 잘하셔야 해요." 슬픔과 걱정, 그리고 두려움에 엄마에게 이 말씀을 드리며 중환자실을 나오는 발걸음이 무거웠습니다. 에크모로 숨 쉬며, 의식이 없는 엄마가 언제쯤 중환자실에서 나오실 수 있을지는 의사선생님도 지금으로서는 예상할 수 없다고 했습니다.

에크모
(ECMO: Extracorporeal Membrane Oxygenation, 체외막 산소교환기)

환자의 혈액을 체외로 빼내 산소를 공급하고 이산화탄소 및 노폐물을 제거하여 체내로 주입하는 장치로, 심장과 폐를 안정화시킬 수 있는 의료장비입니다. 본 장비는 보통 심장이나 폐에 문제가 생겼거나, 수술이 필요한 경우 심장이나 호흡을 보조해 주어 생명을 지탱하는 역할을 합니다.

9월 7일(수술 후 7일 차)

내과계 중환자실에 전화해서 엄마의 상태를 문의하니 7일부터는 의식을 찾으셔서 콧줄로 식사를 시작하셨다고 하셨습니다. 의식을 찾으셨다니 감사의 기도를 드리며 눈물을 났습니다. 가족들에게 이 기쁜 소식을 전하며 감사의 기도를 드렸습니다.

9월 8일(수술 후 8일 차)

중환자실에 전화를 받았는데 엄마가 우리 가족들을 보고 싶어 하는데 면회가 불가하니 가족사진 몇 장을 갖고 오고 엄마의 휴대폰도 중환자실로 보내달라고 하셨다고 했습니다. 전화를 받고 엄마에게 어떤 사진을 보내드려야 할까 고민하던 중에 아무래도 몇 장의 사진은 하루 종일 병실에 누워 계시는 엄마에게 너무 적을 것 같아서 집에 있던 디지털 액자에 엄마의 휴대폰에 있는 가족, 지인과의 엄마 사진들과 삼 남매 가족사진들을 넣어드렸습니다.

[중환자실에서 엄마가 보실 수 있도록 가족사진을 넣어서 보내 드린 전자액자]

9월 12일(수술 후 12일 차)

엄마가 폐에 꽂혀있는 튜브 5개를 뺐고, 14일(수술 후 14일 차)에는 주치의 의사선생님이 엄마 상태가 많이 호전되어 에크모를 뗄 예정이라고 하셨고, 이번 주에 인공호흡기로만 숨 쉬는 데 이상이 없다고 판단되면 다음 주 초에 일반병동으로 옮길 수도 있다고 하셨습니다. 주치의선생님으로부터 기쁜 소식을 전화 받은 지 2시간 후 다른 의사선생님이 전화를 주셔서 유선상으로 에크모 제거 보호자 동의를 유선으로 하였습니다.

9월 15일(수술 후 15일 차)

엄마가 에크모 떼고 문제가 없는지 병원에 전화를 걸어 문의하였으나, 어제는 시간이 늦어져서 에크모 제거 시술을 못 하고 오늘 했다고 했습니다. 다음 주 일반병동으로 옮길 수 있다고 해서 공동 간병인을 94병동(호흡기내과)에 문의했는데 폐이식 환자의 경우 일반병동 중 1인실을 한 달 정도 사용해야 하고 1인실이 없으면 중환자실에서 계속 대기해야 한다고 전달을 받았습니다.

9월 16일(수술 후 16일 차)

병원에 전화가 와서 엄마의 CT 찍기와 흉관 삽입을 위한 유선 동의를 하였습니다. 아무래도 처음 듣는 흉관 삽입에 대해서 전화 주신 의사선생님에게 문의하니 이는 양쪽 폐에 얇은 관을 꽂아서 흉수(폐에 찬 물)이 빠지게 도와주는 것으로 관을 삽입을 할 곳에 국소마취 후 1시간 정도 영상을 보면서 폐에 관을 넣을 것이라고 했습니다.

9월 19일(수술 후 19일 차)

주말 동안 입에 삽관했던 인공호흡기 빼고 콧줄로 산소호흡기와 플라스틱 마스크로 된 산소호흡기 두 개로 병행하면서 자가호흡 연습을 시작하셨다고 했습니다. 엄마가 중환자실의 간호사 도움으로 오후 7시 엄마 휴대폰으로 저희에게 영상통화를 걸었습니다. 엄마가 드디어 영상통화를 하실 수 있다니! 아직은 작은 목소리로 엄마는 나의 이름을 불러주시며 보고 싶다고 사랑한다고 하셨습니다. 나도 반가운 마음에 "사랑해요."라는 말을 큰 소리로 내어보았습니다.

9월 20일(수술 후 20일 차)

　병원으로부터 다시 흉수를 빼기 위해 흉관 삽입을 위한 유선동의 전화를 받았습니다.

3-2

내과계 준중환자실

9월 22일(수술 후 22일 차)

목요일 저녁 6시 정도에 병원으로부터 전화가 왔습니다. 엄마가 외과 중환자실에서 내과 준중환자실로 옮겨야 하니 최대한 빨리 보호자가 병원으로 와야 한다는 전화였습니다. 엄마가 이제 곧 중환자실을 나올 수 있게 되었다는 기쁨의 전화를 먼저 남편과 시어머님에게 전해드렸습니다.

그리고 간병인을 구할 때까지 가족들에게 아이들을 돌봐달라고 부탁드리고, 저는 준중환자실로 엄마를 간병하러 들어가게 되었습니다. 준중환자실은 보호자가 들어갈 수 있는 4인실이었습니다.

내과 병동에 있는 준중환자실에서 만난 엄마는 중환자실에서 만났던 모습과 달리 아주 작은 목소리였지만 말씀도 하실 수 있었고, 3주 이상 중환자실에서 혼자 외롭게 있었던 힘들었던 시간을 이야기해 주시며 눈물을 흘리셨습니다. 이날은 엄마가 온몸이 아프다고 하셔서 오후 11시까지 1시간 가져갔던 바디오일을 발라서 엄마에게 전신 마사지해 드리고 휴대폰에서 라디오 앱을 다운받아 평소에 엄마가 즐겨 들으시는 음악방송을 틀어드리고 수면제를 주사로 맞으시고는 편안히 새벽 3시까지 깊은 잠을 주무셨습니다.

9월 23일(수술 후 23일 차)

엄마의 일정은 오전 5시 반부터 침대에 누워있는 채로 체중을 잴 수 있는 기계가 와서 엄마의 체중을 재는 것으로 시작되었습니다. 엄마의 온몸에는 멍이 아직도 많이 들었고, 식사는 콧줄로 뉴케어만 드실 수 있었습니다. 시간마다 나오는 많은 양의 약들을 드리고 수술 후 맞는 강한 항생제들로 인해 2~3시간마다, 잦으면 1시간 반마다 묽은 변의 기저귀를 깨끗이 갈아드렸습니다. 무릎을 세워드리니 3주 만에 처음 해본다고 하셨고 좋아하셨고, 욕창 방지를 위해서 옆으로 2시간마다 자세를 바꿀 수 있도록 몸을 돌려드렸습니다.

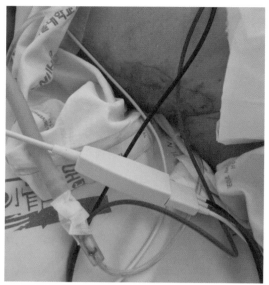

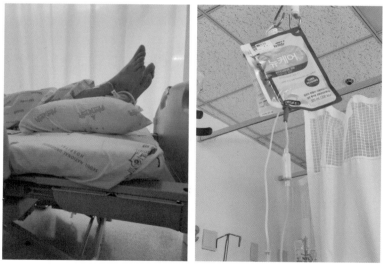

[몸 안에 삽관된 여러 선들, 다리 부기를 빼기 위해 올린 발, 콧줄로 들어가는 식사]

페이식 수술 후 엄마의 5개월간 투병기록

9월 24일(수술 후 24일 차)

전동 침대의 버튼으로 침대 위쪽을 가장 높이 올려서 엄마를 앉을 수 있게 도와드리고 등에 베개를 세로로 대어드렸더니 엄마가 5분 정도 앉아있을 수 있었습니다. 아직 식사는 뉴케어만 콧줄로 드실 수 있었고 대변이 물변이라 많이 흘러서 침대시트와 옷을 갈아입혀 드렸습니다.

24일 엄마의 수술부위 드레싱을 하는 시간이 되어 엄마의 환부를 보았는데 얼마나 수술받는 동안 아프셨을지 그리고 지금 이렇게 회복되는 시간에도 많이 아프실지 마음이 아팠습니다. 상처 부위를 보는 제 마음이 이 정도인데 엄마는 얼마나 아프실까….

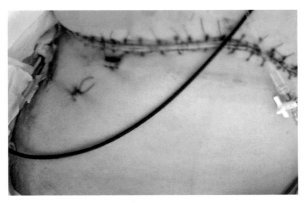

[폐이식 수술 후 드레싱 하기 전의 수술했던 부위]

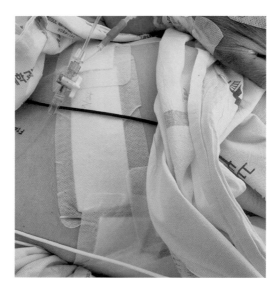

[수술 부위 드레싱 후]

[콧줄로 식사할 때 캡을 빼기 전]

페이식 수술 후 엄마의 5개월간 투병기록

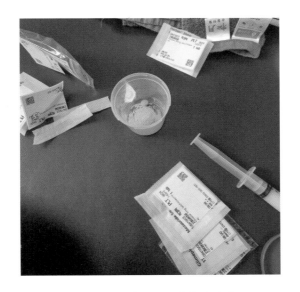

[약을 물로 타서 콧줄로 넣기 전 사진]

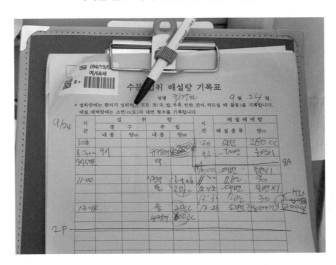

[9월 24일 수분 섭취 배설량 기록표]

9월 25일(수술 후 25일 차)

소변의 양은 소변줄에서 나오는 양을 재워서 버릴 때마다 시간과 소변량을 배설량 기록표에 적었고, 대변의 양은 깨끗한 기저귀의 무게를 먼저 재고 대변 후의 기저귀 차를 구해서 시간과 배설량을 기록하였습니다. 그래도 엄마의 여러 곳에 심한 멍의 색깔이 점점 연해지고 있습니다. 준중환자실 엄마 옆 옆의 환자 간병인분이 본인이 좋은 간병인을 추천해 준다고 해서 11층에서 간병을 하고 있는 간병인을 소개받았습니다. 그래서 현재 간병해 주고 있는 환자를 9월 28일 오후 6시까지 보면 된다고 해서 28일부터 엄마를 돌볼 간병인을 찾게 되었습니다. 엄마는 항생제양이 줄어들어서인지 대변을 두 번만 보셨습니다. 그리고 어제보다 섬망이 많이 줄어들었고, 수술 전날까지 기억을 다시 하실 수 있게 되었습니다.

[엄마의 다리에 생긴 멍 상태]

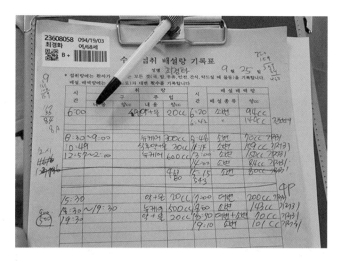

[9월 25일 수분 섭취 배설량 기록표]

9월 26일(수술 후 26일 차)

26일이 되던 오전 12시 42분 엄마는 코에 달려있던 산소호흡기까지 떼버리면서 이식을 받은 폐로만 자가호흡을 할 수 있게 되었습니다. 정말 역사적인 순간이었습니다. 그때 당시 산소포화도는 90 이상으로 좋았습니다. 기적이라고 생각이 되었습니다. 그리고 이렇게 다시 엄마를 살게 하여 주신 주님께 감사 기도를 드렸습니다.

몇 시간 후 간호사가 와서 엄마가 깊게 잠들었을 때는 산소포화도가 조금 낮아지는 것으로 보이니, 밤잠 주무실 때만 코로 끼는 산소호흡기를 끼자고 하셔서 주무실 때만 끼고, 낮에는 빼기로 하였습니다.

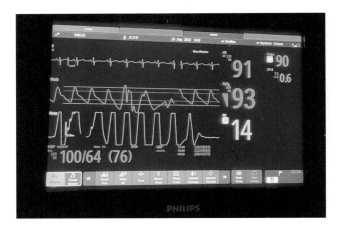

[2022년 9월 26일 오전 12시 42분 산소호흡기 없이 자가호흡 처음 시작]

26일이 되는 새벽부터 아침까지 엄마는 항생제로 묽은 변을 자주 보시며 많이 힘들어하셨습니다. 기저귀를 갈 때 혼자 다리를 들거나 엉덩이를 들지 못하는 상태여서 한쪽으로 몸의 방향을 돌려서 깨끗하게 오염된 부분을 닦아드린 후 다른 쪽으로 방향을 돌려 그쪽의 더러운 부분도 닦아드렸습니다. 아무래도 자주 변을 봐서 기저귀 발진이 생겨 마데카솔 파우더를 약 처방으로 받아 뿌린 후 피부가 마른 것을 확인하고 기저귀를 가니 엄마의 기저귀 발진도 점점 나아졌습니다.

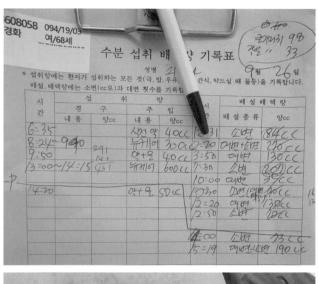

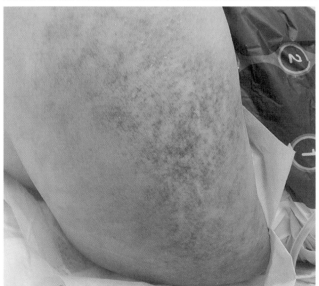

[9월 26일 수분 섭취 배설량 기록표와 재활치료 엄마의 다리에 생긴 멍 상태]

오후에는 재활의학과 선생님이 엄마를 일으켜 앉히신 후 좌우로 천천히 엄마의 몸을 움직이게 하고 앉은 상태에서 엄마가 무릎을 당겨서 발을 들을 수 있도록 도와주셨는데, 놀랐던 것은 5분이 안 되는 짧은 재활시간을 엄마가 중환자실에서도 여러 차례 하셨다는 것입니다. 엄마를 내가 시간 날 때마다 재활연습을 시켜드리고자 마음을 먹었습니다.

3-3

내과 일반병동

9월 28일(수술 후 28일 차)

엄마는 준중환자실에서 내과 일반병동으로 옮기시고 콧줄로 미음을 드실 수 있게 되었습니다. 별로 컨디션이 안 좋으셨는데 3시간 정도 깊게 주무시니 좀 나아지셨다고 했습니다. 엄마는 못 드시지만 간병인에게 밥, 김치, 메추리알, 김, 열무김치, 고구마 생채, 오징어 진미채볶음을 가져다주었습니다. 그러나 간병인분은 본인이 한 음식 외에는 드시지 않는다며 다른 간병인들에게 다 나눠줬으니 앞으로 갖고 오지 말라고 하셨습니다. 돌이켜 보면, 간병인분들의 식사비는 별도로 1일에 5,000원씩 지급되어야 하기에 이런 고생은 받아도 부담, 준비하는 데도 부담이 되었던 것 같습니다.

[병원에 챙겨간 준비물]

페이식 수술 후 엄마의 5개월간 투병기록

9월 29일(수술 후 29일 차)

엄마가 머리가 가렵다고 하셔서 간병인이 엄마 머리를 누워계신 채로 어깨에 베개를 바치고 그 아래 김장용 비닐을 깔아서 깔끔하게 머리를 감겨주셨습니다.

10월 2일(수술 후 32일 차)

간병인의 도움으로 영상통화 했는데 우리 셋째 아기가 할머니 콧줄을 보고 코가 아프냐고 많이 걱정해 주었습니다. 엄마는 아직 미음이 전혀 소화가 안 되어서 다시 금식을 시작하셨다고 했습니다.

10월 5일(수술 후 35일 차)

어제 남은 오른쪽 관 빼고 괜찮지만 변은 여전히 설사, 오전에 기관지내시경 해서 힘드셔서 엄마와 통화는 하지 못했습니다.

10월 6일(수술 후 36일 차)

며칠째 재활선생님이 병실로 오지 않고 있다고 해서 병원에 전화해서 재활선생님이 더 자주 오도록 요청하였습니다. 재활선생님은 전 병동의 재활환자를 담당하고 있기 때문에 의사선생님이 말씀하신 1주일에 정해진 만큼 환자에게 방문하지 않을 경우 의료진에게 얘기해서 지속적으로 재활선생님이 다녀갈 수 있도록 챙기는 게 좋습니다.

10월 7일(수술 후 37일 차)

엄마가 연하검사를 했고 결과를 기다리게 되었습니다. 수술실 들어가신 후 한 번이라도 시원하게 물 한 잔 시원하게 마시고 싶다는 엄마는 아직도 물 한 입을 드실 수가 없는 상태인데 연하검사에서 통과하게 되면 유동식부터 다시 시작해서 물을 드실 수 있을 것이라고 했습니다. 연하란 음식물을 삼키는 것을 말하며 이는 구강, 인두, 식도를 구성하고 있는 여러 구조물들이 유기적으로 조화롭게 움직여서 이루어지는 것인데, 연하곤란으로 인해 음식물이 기도로 넘어가게 되면 이는 기관지를 지나 폐로 들어가 폐렴을 일으키거나 기도를 막아 숨을 못 쉬게 하여 생명을 위협할 수 있

폐이식 수술 후 엄마의 5개월간 투병기록

고 충분한 영양공급이 되지 않아 그로 인한 합병증도 생길 수 있다고 합니다. 엄마가 하셨던 비디오 투시 연하기능 검사는 이러한 연하곤란(구강, 인두, 식도에 유기적 움직임에 장애가 생겨서 음식물을 삼키지 못하거나 음식물이 기도로 넘어가게 되는 것)의 원인(뇌졸중 등의 신경계통의 이상, 이비인후과적 수술 등으로 구조의 이상이 생긴 경우, 그 밖의 근육 계통에 이상이 있는 경우)을 분석하고 치료방법을 결정하기 위한 검사로써, 영상의학과의 투시실에서 방사선 투시기를 이용하여 조영제가 포함된 다양한 음식물을 환자가 삼키는 동작을 녹화하며 들여다보는 검사입니다. 비디오 투시 연하 검사는 연하기능을 평가할 뿐 아니라 검사를 하면서 검사식이의 점도를 바꾸거나 여러 자세 및 보상적 방법을 취하여 환자분에게 효과가 있는 치료방법을 결정할 수 있다고 합니다.

10월 8일(수술 후 38일 차)

간병인의 휴가로 가족들이 엄마를 간병해 드려야 했는데 오전에는 남동생이 볼 수밖에 없어서 엄마가 대소변 문제로 많이 불편해하셨습니다. 아무래도 아들에게 부탁하기에는 엄마가 체면이 안 서시는 것 같았습니다. 결국 저는 세 아이들을 남편에게 부탁하고 저녁부터 엄마를 간병하러 들어갔습니다. 그래도 동생은 엄마 곁에 있는 시간에는 엄마를 번쩍 안아드린 후 휠체어에 태워서 산

책을 시켜드렸습니다. 그리고 점심에는 엄마가 수술 후 처음으로 음식을 입으로 드실 수 있게 되어 점심 메뉴로 나온 딸기요거트를 엄마 혼자 요거트 통을 들고 드셨다고 했습니다. 이 순간을 얼마나 기다렸던가. 동생이 엄마를 돌보아 드리는 동안 이런 좋은 일이 생겼습니다. 연하검사가 통과되어 유동식을 시작할 수 있었지만, 아직 엄마는 물을 드실 수는 없었습니다. 물이 혹시라도 기도에 들어가면 큰일이 날 수 있다고 해서 물은 나중에 천천히 드시는 걸로 엄마도 마음을 달래셨습니다.

10월 9일(수술 후 39일 차)

이제는 제가 혼자 휠체어 태워드릴 수가 있게 되었고, 병원 지하에 있는 미용실에서 헤어컷도 하였습니다. 아직은 엄마가 소변줄을 끼고 계셔서 미용실에서 샴푸가 어려워 병실로 돌아와 샴푸를 해드렸습니다. 수면양말을 다시 신고 카디건을 입고 우리 아이들이 덮던 빨간 담요를 덮고 휠체어를 태워드리니 엄마가 많이 귀여워 보였습니다. 오래 앉아있기 힘들어하셔서 엄마가 지하에 미용실까지 잘 갈 수 있을까 걱정이었는데 다행히 엄마는 머리카락이 다듬어 지는 동안 잘 앉아계셨습니다.

[소변줄이 있어서 휠체어에 앉은 상태에서 병원 지하의 미용실에서 헤어컷을 하신 엄마]

10월 11일(수술 후 40일 차)

점심시간에 잠깐 뵙고 온 엄마가 하루 만에 갑자기 힘들어 보이셨습니다. 저와 있을 때에는 컨디션이 좋아 보였는데 마음이 아팠습니다. 제가 엄마 옆에 계속 있을 수만 있다면 엄마가 조금 더 빨리 회복할 수 있을 것 같은데, 회사일과 집안일을 핑계로 잠깐만 엄마 얼굴을 찾아뵙는 게 죄송했습니다.

3-4

재활병동(회복기)

10월 17일(수술 후 47일 차)

내과에서 더 이상 폐에 이상이 없고 걷기만 하면 나가실 수 있다고 해서 재활병동으로 옮기게 되셨습니다. 내과에서는 2인실이었는데 다인실이라 엄마가 불편하실 거라 생각이 들었지만 재활병동의 다인실은 최대 3주만 있을 수 있고 이후에는 1인실 또는 2인실로 옮기거나 퇴원을 해야 한다고 해서 우선 다인실에서 지내게 되셨습니다.

10월 22일 (수술 후 52일 차)

점심시간에 엄마에게 필요한 기저귀, 물티슈들을 가지고 엄마를 잠깐 뵙고 왔는데 아직 차도는 크게 없으셨습니다.

10월 23일 (수술 후 53일 차)

둘째, 셋째와 함께 동네 빵집에서 빵을 사서 엄마에게 전해드렸습니다. 병원 생활을 길어지시면서 병원 밥이 이제는 싫어지실 때도 된 것 같습니다.

10월 26일 (수술 후 56일 차)

일반식을 시작하셨는데 입맛이 떨어지셨고 피검사 결과 염증 수치가 높게 나와서 엑스레이를 찍어보니 담낭에 염증이 있는 것으로 확인이 되어 담낭즙을 뺄 수 있도록 배에 관을 삽입하여 튜브를 끼고 다니시게 되었습니다. 현재는 수술이 불가능하여 2~3개월 안에 엄마의 몸 상태를 보고 담낭제거술을 하기로 했습니다.

11월 5일(수술 후 66일 차)

동생이 엄마에게 잠깐 들려서 엄마와 함께 찍은 사진을 보내줬는데, 아들보고 기쁘셨는지 함박웃음이 마스크 밖으로 보였습니다.

11월 8일(수술 후 69일 차)

엄마가 간병인을 바꾸고 싶다고 7일에 말씀하셔서 간병인 후기가 있는 따뜻한 돌봄이라는 곳에서 중국인 간병인을 추천을 받아 엄마 병실 안내도 할 겸 직장에서 휴가를 내 준 남편과 함께 엄마를 찾아뵙고 왔습니다. 사실, 엄마에게는 병원 생활 시작 때부터 간병인의 도움을 받아야 하기에 간병인에게 하고 싶은 말이 있으면 꼭 하고 하루에 많은 돈이 지급되고 있으니 절대 어려워하지말라고 말씀드렸는데도 여러모로 불편한 점이 많으셨던 것 같습니다. 이를 남편과 상의하니 당장에라도 바꿔드렸어야 했는데 하며, 후기 좋은 분으로 함께 찾아서 다시 엄마 옆에 보내드리니 그래도 한숨 돌릴 수가 있었습니다.

* 추천 간병인 사이트 따뜻한 돌봄: http://hncare.co.kr/

11월 9일(수술 후 70일 차)

동생이 엄마를 잠깐 뵙고 왔는데 지금 간병인이 마음이 훨씬 편하다고 또 웃고 계셨습니다.

11월 11일(수술 후 72일 차)

점심시간에 잠깐 들린 엄마는 어제 선택식으로 스파게티를 고르셨다며 맛있게 드셨습니다.

11월 13일(수술 후 74일 차)

엄마는 조영실에 가서 흉수를 바늘로 빼내고 혹시 잘못 찌른 건 아닌지 엑스레이 검사했으나 이상이 없다고 했습니다.

11월 14일(수술 후 75일 차)

엄마의 흉통이 계속되어 오전에 폐에 양쪽에 관을 삽입하여 흉수를 빼내기 시작해 밤새 800ml 흉수가 나왔습니다.

11월 15일(수술 후 76일 차)

항생제를 강하게 투여하면서 엄마의 계속된 설사에 간병인이 그만두고 싶다고 해서 간병인 회사에 전화를 했습니다. 간병인 회사에서 엄마는 균이 나오는 환자이기에 1일 10,000원을 추가로 간병인에게 지급해야 하고, 현재는 다른 간병인 대체가 불가하니 지금 간병인에게 추가되는 금액을 말씀드리며 더 엄마를 보실 수 있도록 설득해 보라고 하였습니다. 그리고 14일부터 균이 나왔다고 간병인에게 전달받았다고 하시며, 소급적용 10,000원 해서 15일부터는 1일 135,000원을 간병인에게 지급하라고 하였습니다.

[양쪽 흉간에 관을 꽂아서 흉수를 빼서 담는 통]

11월 19일(수술 후 80일 차)

소변줄을 다시 빼고 속기저귀를 많이 쓰게 되었습니다. 잔뇨량도
계속 체크하는데 아직은 다시 소변이 잘 나오지는 않고 있습니다.

11월 20일(수술 후 81일 차)

균이 14일부터 많이 나오는 것으로 확인된 후 항생제를 많이 쓰기 시작하는데 어제 밤새 설사가 3번 나와서 많이 힘들어하셨습니다.

11월 22일(수술 후 83일 차)

몸의 염증수치가 많이 낮아졌으나 헤모글로빈 수치가 7.1까지 떨어져서 오늘 오후에 400ml의 피를 수혈하기로 했습니다. 오전에 재활운동 해주는 사람이 병실에서 5분 정도 재활치료 해주고 갔고, 엄마의 흉수는 밤새 계속 나오고 있었습니다. 엄마 입맛이 별로 없다고 하시고 인슐린 주사를 많이 맞아서인지 저혈당도 온다고 해서 엄마 간식과 멸치볶음, 약고추장을 준비해서 갔습니다. 담낭즙 주머니에서는 아주 소량만 나오고 있었습니다.

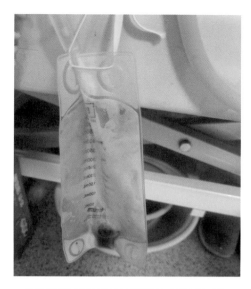

[담낭쪽에 관을 끼워서 담즙 유출을 돕는 관]

11월 25일(수술 후 86일 차)

폴란드에 있는 언니가 조카 셋을 시부모님께 맡겨두고 엄마를 5주간 간호하기 위해 한국에 입국했습니다. 비행시간만 14시간 이었던 언니는 폭설로 바르샤바 국제공항이 연착되는 시간도 엄마를 만나는 생각에 어떻게 지나갔는지도 모른다고 했습니다. 16, 13, 7살의 예쁜 조카들의 학교 등하교와 도시락들 준비를 위해 언니는 진해에 계시는 시부모님을 언니가 한국에 오기 1주일 전에 미리 폴란드로 모셔서 아이들을 잘 돌봐주실 수 있도록 인수인계까지 했던 것입니다. 엄마가 수술하고 한 번도 직접 만나지 못해서 얼마나 힘들었을까 싶지만 언니가 이렇게까지 엄마 간호만을 위해서 한국에 오기는 힘들었을 텐데 엄마를 위해 어려운 걸음 해준 언니에게 고마웠습니다. 언니는 우선 한국에 없을 동안 못 갔던 여러 과의 병원 진료를 마치고 일요일인 27일 오후 6시에 간병인과 교대하기로 했습니다.

[11월24일 입국해 12월 30일에 출국하는 언니의 비행기표]

페이식 수술 후 엄마의 5개월간 투병기록

11월 27일(수술 후 88일 차)

언니가 엄마 병간호를 하기 시작한 후로 좋은 소식을 들었습니다. 오랜만에 저녁을 남기지 않고 다 드셨다고 했고 새벽에는 대변을 두 번 보시고 소변은 평균 3시간에 한 번씩 보셨다고 했습니다.

11월 28일(수술 후 89일 차)

엄마의 왼쪽 겨드랑이 아래로 흉수를 뺄 수 있는 관을 넣어두었는데 왼쪽 흉수관에는 균이 나오지 않고 오른쪽 흉수관에는 균이 보여 다시 균검사를 했는데 검사 결과는 며칠 걸린다고 했습니다. 생선, 육류는 전혀 드시려고 하지 않고 언니가 먹는 '미역국 쌀국수 컵라면'을 한번 드시더니 계속 찾으신다고 했습니다. 이식 환자의 경우 이식해 주신 분에 따라 성격이나 식성이 변한다고 하는데 그 영향일지도 모르겠습니다(새벽 대변 두 번, 평균 소변 3시간에 한 번).

11월 29일(수술 후 90일 차)

엄마가 이제 배에 힘이 생기셨는지 침대난간을 잡고 혼자 쉽게

앉으실 수 있게 되었습니다.

언니가 외출하고 제가 엄마랑 있는 시간에 엄마는 침대난간을 잡고 서있기도 하시고 몇 발짝을 걸어보시기도 하셨습니다. 오늘부터 이동식 변기를 가지고 침대에서 대소변을 받아서 보게 되었습니다(새벽 대변 두 번, 평균 소변 3시간에 한 번).

11월 30일(수술 후 91일 차)

엄마가 서있을 수 있는 시간과 침대 끝을 붙잡고 약간 걸을 수 있는 거리가 늘었습니다. 휠체어에 앉아 세면대 앞에 세워드리니 혼자서 손을 씻으셨습니다. 수술 후 처음으로 물로 손을 씻으신다며 좋아하셨습니다. 언니가 오후에는 족욕과 발마사지를 해드렸습니다.

발끝을 꾹꾹 눌러가며 마사지해 드렸더니 아프면서도 시원하시다며 너무 좋아하셨습니다. 진작 가족의 손길이 필요하셨을 텐데 하며 언니가 폴란드에서 엄마에게 너무 늦게 온 거 같아 죄송한 마음이라고 했습니다. 오늘의 아침, 점심, 저녁 식사량이 평균보다 적었습니다(새벽 대변 두 번, 평균 소변 3시간에 한 번).

12월 1일(수술 후 92일 차)

엄마가 열심히 재활하시려고 노력하셨습니다. 오늘은 재활병동에 비치된 워커의 도움을 받아 처음에는 병실 안을 걸어서 간호사실까지 왕복으로 혼자의 힘으로 다녀오셨습니다. 이제 엄마가 집으로 돌아갈 수 있는 날이 곧 다가온 것 같습니다.

12월 2일(수술 후 93일 차)

어제보다 더 많이 걸어보셨습니다. 의사선생님이 균이 나오지 않는 왼쪽 흉수관을 잠그고 하루 이틀 이상반응이 없으면 관을 뺄 거라고 했습니다. 엄마의 몸에 관이 꽂혀있는 시간에는 주무실 때 더욱 힘들다고 하셨는데 빨리 관을 뺄 수 있으면 좋겠습니다.

12월 3일(수술 후 94일 차)

매일 찍어야 하는 엑스레이는 토요일인 오늘도 빠지지 않고 찍으셨습니다. 몸무게는 51.2kg으로 계속 유지되고 있으며, 점심 식사로 쌀국수를 시켜드렸는데 너무 맛있게 드셨지만 혈당이 60으로 저혈당이라고 했습니다.

12월 4일(수술 후 95일 차)

혈당은 90으로 엄마의 컨디션이 별로 좋지는 않습니다. 소변량이 늘었으며 낮에는 평균 2시간에 한 번씩 소변을 보시고, 밤에는 1시간에 한 번씩 소변을 보셨습니다.

12월 5일(수술 후 96일 차)

왼쪽 흉수관에 물이 더 안 나오는 것으로 확인된다며 왼쪽 흉수관을 뺐고, 오른쪽 흉수관에 균이 더 이상 자라지 않는다고 오른쪽 흉수관을 오전에 잠갔습니다. 오후에 담낭제거가 가능한지를 확인하기 위해 복부 CT를 찍으셨고 오랜만에 재활의학과에서 재활 훈련을 받으셨습니다.

내과 일반병동
(담낭제거술, 개복 후 간 주변 염증제거술)

12월 6일(수술 후 97일 차)

복부 CT 검사 결과가 괜찮아서 다음날인 7일로 담낭제거술 결정했습니다. 엄마는 침대 난관을 붙잡고 혼자 일어서서 워커의 도움 없이 언니 손을 잡고 앞뒤로 걸어 보셨습니다.

12월 7일(수술 후 98일 차)

담낭제거술. 오전 12시부터 금식하시고 심장초음파 찍고 오후

12시 수술에 들어가셨습니다.

수술 후 수술담당의가 왔다 갔는데 예상 수술시간이 30분이었다고 했습니다. 담낭절제술이 담낭에 염증이 적을 때는 쉬워서 빨리 끝나서 그렇게 보통 설명을 환자와 보호자에게 하지만, 엄마는 엑스레이상보다 염증이 너무 많았고 염증이 간까지 퍼진 상태여서 3시간이 넘는 수술시간을 하게 되었으며 수술하는 동안 그곳의 염증이 나오는 데를 다 못 묶어서 의료용 스테이플러로 찍고 수술장을 나오게 되었다고 했습니다. 그래서 피주머니를 달게 되었는데 그곳에 염증이 보이게 되면 다시 개복 수술을 해야 한다고 하셨습니다.

오후 6시에는 엄마의 심장박동수가 125~130대를 오가서 심장 초음파를 찍으셨습니다.

12월 8일 (수술 후 99일 차)

담낭제거술 2일 차가 된 오늘 엄마는 아파하셨던 지난 밤보다 컨디션이 좋아지신 것 같고 심장초음파 문제없었습니다.

폐이식 수술 후 엄마의 5개월간 투병기록

12월 9일(수술 후 100일 차)

담낭에 연결한 피주머니 색이 좋지 이틀 정도 더 보자고 하셨고, 닫아두었던 오른쪽 흉수관은 제거하였습니다. 엄마 피주머니에 혈액 말고 초록색(염증)이 보이면 안 된다고 했는데 지금 라인이 다 연한 초록색으로 걱정이 됩니다. 엄마의 컨디션도 계속 안 좋아지셨습니다. 말씀도 줄어드시고 밥도 못 드시고 계속 주무십니다. 저녁 7시쯤 응급 CT 찍고 복막염 소견 보인다며, 의사가 엄마가 금식해야 한다고 했습니다. 수액이 많이 들어가니 밤새 30분에 한 번씩 소변보셨습니다.

12월 10일(수술 후 101일 차)

엄마가 계속 주무십니다. 간수치가 높아져 독소가 분해가 안 되어 계속 잔다고 의사선생님이 얘기해 주었습니다. 오전 11시에 엄마가 혈관조형실에서 관 하나를 담낭 쪽에 더 꽂아 염증을 밖으로 빼보겠다고 했습니다. 40분간 혈관조형실에서 관을 하나 더 꽂고 병실로 돌아오셨습니다.

새로 꽂은 관에서 아무것도 나오지 않고 엄마가 너무 힘드시다며 진통제 놔달라고 해서 간호사 진통제 투약했고 바로 인턴 선생님이 오셔서 처음에 있던 관에 튜브에 모여있던 분비물들을 주사기에 담아 검사튜브에 옮겨갔습니다. 분비물이 별로 없어 몇 번을 넣었다 빼기를 반복했는데 잠시 후 오더니 새로운 튜브에 물을 넣는다고 하더니 물이 들어가자마자 엄마가 고통스러워 비명을 지르셨습니다. 엄마는 진통제 투약 후 30분이 지나도 많이 고통스러워하셨습니다. 엄마는 오후 1시 45분과 2시 38분에 두 차례 전신에 경련이 생기며 쇼크증세를 보였습니다. 언니가 너무 놀래서 간호사들과 함께 두 번의 경련을 진정시키고 5시 20분에는 당직 의사선생님이 와서 전해질 부족으로 인한 통증과 부정맥이 쇼크를 일으켰을 가능성이 있다고 했습니다.

12월 11일(수술 후 102일 차)

오전 11시 58분에 엄마의 혈압이 급격히 떨어지며 환자모니터에 알람이 울려서 간호사한테 말했더니 아직은 의사가 괜찮다고 했던 혈압수준이라 따로 혈압약을 처방 안 하고 수혈을 해야 한다고 해서 엄마의 왼쪽 손등에 수액 맞을 바늘을 꽂아두었다가 오후에 수혈을 받으셨습니다. 의사선생님이 엄마의 몸 어디선가 피가 새고 있어서 피가 새는 것을 찾아서 막는 시술을 해야 할 수도 있는데 그때 엄마 상태가 안 좋아진다면 며칠 정도 중환자실을 가야만 한다고 했습니다. 워낙 엄마가 중환자실을 다시는 가고 싶지 않다고 말씀드렸던 터라 의사선생님이 그럴 경우 중환자실을 가는 것은 환자의 결정권한이 없다고 했습니다. 언니가 엄마에게 잠깐 며칠만 가야 하는 거니 무서워하지 말고 중환자실에서 24시간 모니터링 안 해도 되면 그때 중환자실 나오면 된다고 의사선생님과 함께 엄마를 설득했습니다. 오후 12시 반에 심전도검사를 하기 위해서 담즙을 빼는 데에서 관을 깨끗이 하려고 열어보니 담즙이 많이 나왔고 담즙 담는 백에 음압기능이 있어 보여서 그 백을 더 아래로 걸었습니다. 의사선생님은 엄마가 이렇게 아픈 이유는 담낭에 있는 염증이 간에도 협착되어 있었는데 담낭을 빼면서 협착된 염증이 피로 들어가서 전신에 염증이 돌고 있는 상태여서 그런 것 같다고 했습니다. 그래서 수액을 많이 맞고 있는데 수액의 양이 많으니 이뇨제를 써서 밤새 소변량이 많아서인지 황달이 많이 사라졌습니다. 그렇지만 엄마는 많은 양의 진통제로 새벽에 섬망증세가 있으셨습니다.

12월 12일(수술 후 103일 차)

토요일 날 시술한 관에 배액이 하나도 나오지 않고 있어 엄마는 다시 시술하러 혈관조형실로 가셨고, 배액백을 다시 시술한 후 배액이 잘 배출되고 있습니다. 오전에는 말씀도 하시고 깨어있는 시간도 길었었는데 오후에는 계속 주무셨습니다. 복부 CT를 찍은 결과 복부 안에 응고된 피를 빼주어야 한다고 했으며 이 피를 빼는 방법은 내시경과 수술 2가지 방법이 있다고 안내를 받았습니다.

12월 13일(수술 후 104일 차)

엄마의 피가 고여 있는 부분이 담도 쪽이라고 내시경으로 확인이 되었다고 했습니다. 계속 염증이 이곳에서 새고 있어서 늦을 수도 위험할 거라고 해서 엄마가 응급수술에 들어가셨습니다. 엄마가 수술할 수 있는 컨디션이 아닌 것 같았지만 의사가 위험하다고 하니 수술동의를 할 수밖에 없었습니다. 엄마는 염증을 제거하기 위해 4시간 40분간 응급수술을 하셨습니다. 오후 3시 반에 수술장으로 들어가신 엄마는 저녁 8시가 되어 수술이 끝나서 중환자실로 이동하셨습니다. 언니는 8시 30분에 중환자실로 가서 엄마를 면회했는데 수술 후 계속 주무시고 계신다고 했습니다.

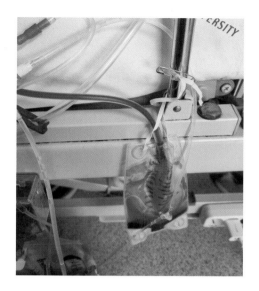

[응급수술 후 엄마가 차게 된 주머니]

12월 14일(수술 후 105일 차)

　오전 11시 중환자실에서 병실로 이동할 수 있었던 엄마는 피검사 결과 염증수치가 확 떨어졌다고 했습니다. 그런데 아직 폐에 물이 차서 오른쪽에 지난번보다 얇은 관을 끼워서 흉수를 뺄 예정이라고 했습니다. 오후부터 물을 드시기 시작하셨습니다.

12월 15일(수술 후 106일 차)

점심부터 미음을 드실 수 있었는데 맛있게 잘 드셨습니다. 그런데 수술로 쓰게 된 강한 진통제 때문인지 엄마의 섬망증세는 심했습니다. 저녁에는 반 정도 드셨던 미음을 다 토해내셨습니다.

12월 16일(수술 후 107일 차)

구토가 점점 심해져서 금식하시기로 하고 물만 드셨습니다. 밤마다 수술부위의 통증으로 많이 힘들어하셨습니다.

12월 17일(수술 후 108일 차)

점심부터 엄마가 죽 드시겠다고 하셔서 드실 수 있었고, 섬망증세는 나아지지 않고 복부 통증도 많이 심한 상태입니다.

12월 18일(수술 후 109일 차)

복부 CT를 찍으신 후 저녁 드신 걸 다 토하셨습니다.

12월 19일(수술 후 110일 차)

엄마의 팔에 링거 꽂는 자리를 오른쪽에서 왼쪽으로 변경했습니다. 외과 선생님이 오셔서 염증 주머니를 바꾸셨고 엄마의 자는 시간이 더 길어지고 있습니다.

12월 20일(수술 후 111일 차)

엄마는 둥굴레차를 마시고, 사탕도 드셔서 그런지 기분이 좋아지신 것 같았습니다. 섬망증세는 줄어들었고 말씀도 이제 다시 잘하시게 되었습니다. 언제 집으로 갈 수 있냐고

답답해하셔서 저 많은 수액과 약들이 들어가도 회복이 더디기 때문에 언니가 엄마 옆에 있을 수 있는 12월 말까지는 퇴원이 어려울 것 같아 간병인이 와야 한다고 말씀드렸습니다. 지난 4시간 반동안의 수술과정과 엄마의 상태를 오후 회진 시 주치의선생님이 그림을 그려가시며 담낭 주변의 간에도 많은 염증을 어떻게 뺐는지 설명해 주셨습니다.

엄마 꼬리뼈 쪽에 욕창과 같은 상처가 많이 생겨서 소독약을 바르고 마데카솔 파우더를 발라드렸습니다. 욕창이 의심된다고 간호사에게 말해서 욕창 전문 간호사가 치료할 수 있다고 전달했습니다.

12월 21일(수술 후 112일 차)

엄마가 요양병원이나 요양원에 퇴원 후 잠깐이라도 가실 수 있도록 인터넷에서 신청했습니다.

대리인으로 국민건강보험 사이트에서 신청하고 곧 출국할 언니의 자리를 대신할 간병인이 12월 26일부터 오실 수 있도록 신청했습니다.

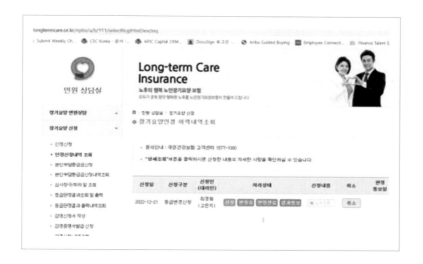

12월 22일(수술 후 113일 차)

　엄마는 일반병실에서 준중환자실로 옮겨야 한다고 간호사에게 전달받았는데 엄마는 섬망증세로 퇴원했냐고 다섯 번이나 언니에게 물어봤다고 했습니다. 엄마의 상태가 더 나빠져서가 아니라 엄마의 몸에 수액도 많고 병실에 있는 환자로는 간호사들이 감당하기 힘들어하니 집중치료실로 가자고 했던 것 같습니다. 간병인이 확정되어 언니가 가기 전인 12월 26일 월요일 10시부터 간병인이 오기로 했습니다.

[엄마를 돌봐 주실 간병인의 지난 후기]

어젯밤에도 수액조절기 알람이 5분, 10분마다 울려서 간호사들이 힘들긴 했을 것 같습니다.

교수님이 다녀가셨는데, 엄마 관에서 피를 뽑은 게 문제가 있어서 다른 쪽에 수혈만 할 수 있는 주사를 꽂아야 하는데 그건 집중치료실에서만 가능하기 때문에 준중환자실에 균 있는 환자가 1인실로 가게 되면 내일 즈음 엄마도 준중환자실로 가야 된다고 하셨습니다.

엄마의 오전 회진시간이 끝나고 언니가 따로 교수님을 따라가서 여쭤봤는데, 엄마에게 위험한 순간이 있었던 건 사실인데 이제 좀 안정적인 상태로 돌아온 거라고 하셨습니다. 앞으로 회복하기까지는 시간이 더 걸릴 수 있다고 하셨습니다. 액체류는 먹어도 된다고 하셔서 엄마는 물 드시고 카페에서 사 온 한라봉 핸디 젤리도 맛있게 드셨습니다.

이거 사서 조금씩 드렸더니 아주 잘드셔

[엄마가 이 주스를 좋아하신다고 언니가 보내준 사진]

3-6

준중환자실

12월 23일(수술 후 114일 차)

준중환자실로 옮기신 엄마는 흉수 관 위치를 바꾸고 오른쪽 등
쪽에 통증을 호소하셨는데 의사 말씀이 흉수가 차있어서 그럴 거
라고 오른쪽으로 위치를 오후에 바꿨습니다.

12월 24일(수술 후 115일 차)

그리고 조금 전에 거품 때문인지 소변줄이 막혀서 엄마가 많이

폐이식 수술 후 엄마의 5개월간 투병기록

뻐근해하셔서 언니가 소변줄을 몇 번 당기니 소변이 나오기 시작했다고 했습니다. 엄마 생신이 12월 26일이라 가족들도 못 만나고 병원에 계시면 우울하실 것 같아 엄마 칠순을 맞아 언니가 94병동 의료진에게 드릴 간식 세트를 주문했습니다. 언니가 폴란드로 돌아가고도 의료진들이 엄마를 잘 돌봐주시길 바라는 마음으로….

12월 25일(수술 후 116일 차)

주치의선생님이 이제 엄마가 거의 정상으로 올라갔지만, 염증 수치가 좀 높게 나온 상황이라 별문제가 없으면 1월 중순에는 퇴원할 수 있을 거라고 하셨습니다. 엄마가 드실 수 있는 건 아직 액체밖에 없지만 어제보다 훨씬 많이 드시고 컨디션도 많이 좋아지셨습니다.

주치의도 어제와 비교해서 좋아 보이신다고 했습니다. 그런데 엄마는 대변을 보고도 느낌이 없으신지 말씀도 안 하셔서 언니가 냄새 맡고 갈아드리면서 느낌 없냐고 여쭤보면 안다고만 대답하셨습니다. 대변을 보시고 미리 말씀해 주시면 좋은데 이 또한 하지 않아 주셔서 언니가 대변 보고 갈아드릴 때마다 힘들어하는 것 같았습니다. 엄마가 항생제 때문에 설사로 대변 횟수가 많아지면서 욕창 관리 부위 밴드를 계속 갈아줘야 해서 엉덩이 쪽 살이 더 빨

잫게 되고 있습니다. 준중환자실 매트 자체가 에어매트여서 엄마가 잘 느끼시지는 못할 수도 있지만 엄마가 다른 문제가 생긴 건 아닌지 걱정이 되었습니다. 엄마가 인지능력이 다소 낮아진 상태여서 언니는 혹시라도 엄마가 욕창이 생길까 봐 계속 자세를 바꿔드리고 있다고 했습니다.

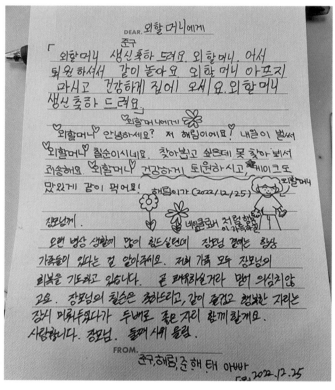

[우리 가족이 엄마의 생일에 보내드렸던 편지]

12월 26일(수술 후 117일 차)

　새로운 간병인이 준중환자실에 계시는 엄마에게 갔는데 새로운 분이 마음에 드셨는지 엄마가 밝은 목소리로 동생에게 기분이 좋아서 전화를 주셨습니다. 언니가 점심시간에 잠깐 찾아뵙고 간병인분은 점심 식사 하시도록 하고 엄마 식사하시는 걸 도와드렸는데 어제 간호사실에 간식 드리면서 엄마 생신이라고 했더니, 예쁜 간식을 받았던 간호사들이 엄마 생신이었던 26일 한 분 한 분 엄마에게 생신 축하한다고 하셔서 기쁜 생일을 보내셨다고 했습니다.

[엄마의 칠순을 맞아 병원 의료진들에게 보낸 간식 세트]

[엄마를 위해 챙겨간 간식]

12월 31일(수술 후 122일 차)

간병인이 어제 준중환자실 옆에 환자가 열이 났다고 마스크를 덴탈 마스크(오랜 병상으로 얇은 거 사용 중이었음)가 위험할 것 같다고 하셔서 1층에서 새부리형 KF94 마스크 열다섯 개 사서 전달해 드렸습니다. 이번에 오신 간병인은 중국에서 중학교 선생님 생활을 하고 퇴직 후에는 간병인 생활을 하셨다고 하는데 엄마가 식사하실 때, 기저귀를 갈 때 늘 꼼꼼히 챙겨주셔서 엄마가 마음이 정말 편안하다

페이식 수술 후 엄마의 5개월간 투병기록

고 하셨습니다.

엄마를 위해 잣죽을 해드렸는데 식전에 작은 한 그릇 뚝딱하시고 점심 식사도 많이는 아니지만 제가 도와드리니 잘 드셨습니다.

[입맛 없으신 엄마를 위해 만들어 드린 잣죽]

1월 3일(수술 후 125일 차)

1시간 전에 간병인이 전화 와서 항생제 때문에 변이 묽어서 물티슈와 겉기저귀 더 필요하다고 해서 겉기저귀 3팩, 물티슈 3팩, 깔개매트 1개 주문해서 보내드렸습니다.

1월 4일(수술 후 126일 차)

엄마는 이제 바늘로 꽂아서 맞는 약물은 거의 없는 상태가 되었습니다. 몸에서 나오는 균 두 개 중에 한 개는 아예 없어졌고 면역억제제는 엄마가 면역억제 부작용으로 혈소판이 깨지고 있는 상태라 아예 안 맞고 있고 스테로이드만 처방받아 맞고 있습니다. 최근에는 수혈도 하지 않았습니다. 제가 준비해서 가져갔던 전복죽과 구운 고구마를 맛있게 드셨습니다. 엄마의 주치의선생님이 이번 1월부터 변경되어 통화했는데 엄마가 혈소판이 깨지는 혈전미세혈관병이 좋아지고 있고 면역억제제 대신 다른 걸로 약제를 바꿨는데 잘 적응하고 있는 것 같다고 했습니다. 소변량이 너무 많은 것과 여러 다른 문제가 있지만 그래도 급한 불은 껐다고 했습니다. 열은 잠깐 났지만 해열제 없이 떨어졌고 일반병동은 조금 더 지켜보고 준중환자실에서 나가자고 했습니다.

[엄마가 좋아하시는 에어프라이어로 구운 호박고구마와 전복죽]

[엄마가 계셨던 내과계 준중환자 4인실]

1월 6일(수술 후 128일 차)

엄마에게 오늘 해주셨던 여러 이야기 중 언니가 떠나기 전 주에 언니가 없었고 언니가 없었고 간병인이 있었다면 엄마는 죽었을지도 모르겠다고 하셨습니다. 밤새 계속 가라앉고 의식이 없어질 때마다 언니가 한숨도 안 자고 깨우며 지켜줬다고 하시며 언니는 진짜 대단한 사람이고 고맙다고 연신 말씀하셨습니다. 언니 덕에 죽을 고비 다 넘겼던 거라고 하시며….

오늘은 교수님이 오셔서 면역억제제 부작용으로 깨지던 혈소판이 이제 더 이상 안 깨지기에 다른 의사들과 함께 기쁨의 환성을 질렀다고 엄마가 말씀해 주셨습니다. 엄마가 어서 퇴원하셨으면 좋겠습니다.

1월 8일(수술 후 130일 차)

오늘은 막내의 생일이라 아이들과 함께 케이크를 만들어서 시댁 생일파티를 하고, 오후 늦게 엄마에게 제가 맛있게 만든 잡채와 케이크를 준비해서 전해드렸더니 맛있게 드셨습니다. 내일부터는 엄마가 더 이상 준중환자실에 계시지 않아도 되고 내과 일반병실에 자리도 있다고 해서 이제 곧 엄마가 퇴원할 거라는 믿음을 갖고 집으로 돌아왔습니다.

[셋째 생일에 둘째와 만든 케이크를 잡채와 함께 전해드렸던 날]

3-7

내과 일반병동

1월 9일(수술 후 131일 차)

오늘 엄마는 창가의 6인실 병동으로 옮기셨고 이제 더 치료할 건 없으니 재활 열심히 해서 걸을 수 있으면 바로 퇴원하자고 의사선생님이 말씀해 주셨습니다.

[6인실 내과 일반 창가 병실]

1월 10일(수술 후 132일 차)

폐이식 환우를 위한 다음카페에서 이식 수술 후 재활할 때에는 이렇게 테라밴드 또는 쎄라밴드라고 불리는 이 밴드(Thera Band)의 1번(소아용, 노인용)부터 시작해서 탄력을 강화하며 사용하면 좋다고 해서 병원 근처의 의료기계에서 12,000원 정도 주고 샀습니다. 엄마의 병동생활이 시작되면서 기저귀, 깔개매트, 물티슈를 처음에는 인터넷에서 주문했었습니다. 그러나, 환자 보호자들이 인터넷으로 병원에 주문하면 주문한 물건이 병실에 바로 배달되지 못하고 무인택배함에 가게 되어서 엄마 옆에 간병인이 그 시간 동안에 없게 되고, 간병인 또한 무거운 짐들을 찾아오는 데 많이 힘들어하셨습니다. 그래서 저는 병원 근처에 있는 의료기기 가게에 직접 찾아가서 엄마에게 필요한 물건들을 찾아보았습니다. 제가 구매하던 의료소모용품가격이 인터넷에서 구매하는 것보다 병원 근처 의료기기 가게가 훨씬 저렴하다는 것을 알게 되었습니다. 그 이후로는 병원 근처 의료기기 가게의 전화번호를 몇 군데 적어서 갔고, 기저귀, 깔개매트, 물티슈 등을 전화로 주문해서 병동과 환자 이름을 말하고 계좌이체를 하여 밤에 주문 시 다음 날 오전에 간병인에게 바로 전달되도록 하였습니다.

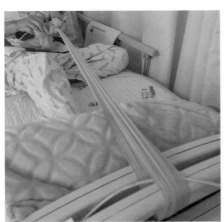 

[엄마가 병실에서 손목 힘을 기르기 위해 사용한 테라밴드]

페이식 수술 후 엄마의 5개월간 투병기록

지난번에 엄마가 잣죽은 데우면서 점성이 강해진다고 하셔 지난번보다 더 묽게 끓여서 엄마에게 갖다 드리니 좋아하셨습니다. 엄마는 오늘 소변줄을 빼셨고 병원에서는 재활만 된다고 했습니다. 엄마가 빈혈수치나 여러 수치가 다 정상인데 어지러움은 아직 낫고 있지 않았습니다. 오늘로 132일째인 병원생활에 지치셔서인지 엄마가 힘이 없어 보여서 속상했습니다.

1월 11일(수술 후 133일 차)

엄마가 오후 12시에 기관지내시경을 하러 가셔서 30분간 하고 오셨습니다. 보통 기관지내시경을 하고 나면 거의 3시간은 힘드셔서 말씀도 못 하시고 주무셨습니다. 병원에 들러서 엄마가 말씀하신 둥굴레차, 사과 네 개, 맛밤, 귤, 구운계란(멸균된 것)만 간병인분에게 전달해 드리고 왔습니다.

* 기관지내시경 검사는 기관, 기관지의 이상 여부 및 폐질환의 유무를 확인하고, 필요에 따라 조직검사, 세포검사 및 균 도말, 배양검사를 시행함으로써 그 검사 결과를 토대로 향후 치료방침을 결정할 수 있습니다. 따라서 기관지 내부를 확인하여 진단에 필수적인 역할을 합니다. 검사 전 8시간 금식이고, 검사는 마취시간을 포함하여 15분 정도에 이루어지지

만 조직검사 및 중재적 시술 등의 치료적 내시경이 이루어지게 되면 이보다 길어질 수 있습니다.

1월 12일(수술 후 134일 차)

엄마가 직접 제 휴대폰으로 전화를 걸어주셨는데 선택식으로 병원에 비빔밥 주문했던 게 나와서 저녁 식사를 맛있게 드시고 계신다고 하셨습니다. 기관지내시경을 오전 내 받느라 통화를 못 했는데 많이 아프셨냐고 여쭤보니 마취를 하고 나서 내시경 받으러 가기 때문에 그리 아픈 건 모르겠다고 하셨습니다. 그래도 검사를 받고 나면 여기저기 실려 다니며 검사해서 하루를 보내면 밤새 쑤셔서 잠을 못 잘 정도로 아프다고 하셨습니다. 지난번에 드렸던 테라밴드(Thera Band)는 검사 다니느라 바빠서 열심히 재활을 침대에서 못하고 있다고 했습니다. 최대한 빨리 병원에 나오면 좋겠다고 웃으시며 말씀하셨습니다. 엄마가 운동을 자주 못 하고 누워만 있다면 폐가 쪼그라들 수 있다고 열심히 운동하겠다고도 하셨습니다.

3-8

중환자실

1월 14일(수술 후 136일 차)

병원에서 전화가 왔는데 엄마가 1~2일만 잠깐 중환자실을 가야 한다고 했습니다. 잠깐 가는 경우라 일반병실에 있는 짐은 그대로 두고 가되, 매일 쓰게 되는 기저귀, 깔개매트, 물티슈, 생수, 물통 등 꼭 필요한 건 중환자실 갈 때 간병인분에게 챙겨달라고 부탁했고, 병실로 돌아왔을 때 없어진 음식이 있으면 안 되니 냉장고에 넣어둔 음식들은 어떤 게 있는지도 간병인분에게 메모해 달라고 했습니다. 엄마가 옆에 아무도 없던 무섭고 외로웠던 중환자실을 다시는 안 가겠다고 하셨던 터라 이번에는 잠깐만 갔다 온다고 제발 꼭 가달라고 부탁드리니 그러겠다고 하셨습니다. 엄마가 중환자실에 간병인의 도움으로 이동하시고 간병인은 당분간 댁에서 쉬고 계시겠다며 엄마가 일반병실로 옮기기 전에 바로 연락을 달라고 하시며 가셨습니다. 그런데 저녁 8시 반에 병원에서 갑자기 전화가 와서 엄마가 이중 병실로 쓰지 않고 일반병실을 완전히 치우고, 중환자실에만 당분간 계실 것이라고 해서 밤 9시 조금 넘게 병실에 도착하여 3번에 걸쳐 혼자 주차장과 병실을 왔다 갔다 하며 지난 병실을 비웠습니다.

중환자실을 처음 입실하게 되면 면회가 되는 것으로 기억해서 중환자실에 가서 엄마를 뵈러 갔는데 주무시고 계셨습니다. 그런데 주치의가 와서 토요일인 오늘 아침부터 저녁이 되는 이 시간까지 엄마가 반나절 동안 기존에 100% 사용하던 폐를 30% 밖에 사용할 수가 없게 되었다고 하셨습니다. 이렇게 갑작스럽게 빠른 속도로 환자가 나빠진 사실이 처음이라고 의사선생님은 말씀하시며, 사실 같은 병실에 있던 분이 코로나가 걸려서 격리 차원에서 중환자실로 옮기자고 한 거였는데 엄마의 코로나 검사결과는 음성이지만, 현재 산소포화도가 너무 많이 낮아져서 여러 검사를 해봐야 원인을 알 수 있을 것 같다고 하셨습니다. 얼마나 오랜 시간을 기다려서 힘들게 이식받은 엄마의 새로운 폐였는데…. 이렇게 무너졌다고 하니 믿을 수가 없었습니다. 원인을 교수님과 주치의 선생님이 찾아보고 있지만 아직은 오리무중이라고 답답해하시는

페이식 수술 후 엄마의 5개월간 투병기록

주치의선생님을 보며, 이 상황에 너무나 화가 났지만 어디에서 무엇이 잘못되었는지 누구도 알지 못하는 상황에 그저 엄마가 다시 예전처럼 회복되기만을 기도하며 집으로 울며 들어가 아이들을 만났습니다.

1월 15일(수술 후 137일 차)

엄마는 별 차도 없이 산소 포화도를 유지하기 위해 인공호흡기를 최대로 써서 중환자실에서 여러 검사를 받고 계셨습니다.

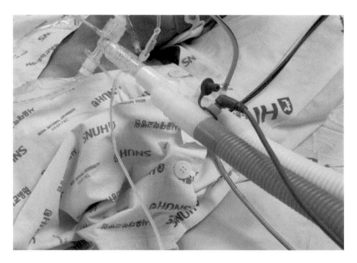

[중환자실에서 다시 인공호흡기를 입에 삽관하신 엄마]

1월 16일(수술 후 138일 차)

　엄마의 호흡 상태가 더 안 좋아져서 기도에 인공호흡기를 삽관한 후 인공으로 호흡을 하시게 되었으며 의식이 있으면 환자가 더 힘들기 때문에 진정제를 계속 투여해서 수면 상태로 회복이 되길 기다리고 있어야 한다고 했습니다.

1월 18일(수술 후 140일 차)

　엄마를 오랫동안 보고 싶으셨던 둘째 외숙모께서 중환자실에 가서 엄마를 만나고 오셨는데 외숙모께서 보내주신 엄마의 웃는 사진을 보니 의식이 있으신 것 같아 기뻤습니다. 오후에 중환자실에 전화해 보았는데, 병원에서는 엄마의 입에 삽관된 튜브를 뽑을 수 있는지 지속적으로 확인하면서 인공호흡기 의존도를 낮추고 있고 진정제도 줄이면서 의식을 찾게 도와주고 있다고 했습니다. 진정제를 줄이면서 엄마가 의사소통이 될 수 있는 수준까지 깨어 있을 수 있는데 삽관되어 있는 상태가 엄마가 많이 불편하실 거라고 했습니다.
　인공호흡기를 빼고 자가호흡이 가능한지 알기 위해서는 상태를 면밀히 해야 하기에 상태를 확인하는 중이며, 일반병실로 언젠가 올라갈 수 있다고 했지만 상태가 좋아져서 인공호흡기 관을 빼더라도 최소 이틀을 중환자실에서 양압환기(환자가 호흡하는 기체가 외부에서 압력을 가하여 기도를 지나 폐로 들어가도록 하는 방식)를 해서 완전히 자가호흡이 되는 걸 보고 갈 수 있기에 아직은 언제 일반병실로 올라갈 수 있을지는 모르겠다고 했습니다.

1월 19일(수술 후 141일 차)

지난주 토요일이었던 14일만 해도 엄마가 병동으로 올라갈 수 있다고도 했었는데, 오늘 병원에서 온 전화로는 진정제를 아주 최소만 써도 엄마가 너무 많이 힘들어한다고 했습니다. 환자가 고위험이라서 폐는 괜찮지만 다른 근육들이 많이 줄어들어서 자가호흡을 하는 데 쉽지 않을 것 같다고 했습니다. 인공호흡기를 발관하기 위해서는 세 개에서 네 개정도의 테스트에서 합격해야 하는데, 오늘 엄마는 합격은 했지만, 기계에 연결해서 코에 마스크를 덧대거나 양압환경(산소헬멧 약 300,000원)을 추가로 사용해야 한다고 했습니다. 의사선생님 말씀으로는 만약 가족이 산소헬멧 구매를 원하면 환자가 사용할 수 있게 하고 이 헬멧이 환자에게는 이게 더 편할 거라고 하셨습니다. 헬멧은 최대 48시간 동안 쓸 수 있다고 해서 의사에게 엄마를 위해 구매해 달라고 했습니다. 폐가 어느 정도 좋아졌는지 문의했을 때 염증수치는 많이 낮아졌지만 엄마가 자꾸 열이 나서 감염내과와 협진해서 보고 있다고 했습니다. 코로나 검사도 수시로 하고 있는데 음성으로 나왔고 예전에 나왔던 균들이 계속 나와서 약으로 치료하고 있다고 했습니다. 산소헬멧은 중환자실에서 중환자실에 하나만 비치되어 있어서, 엄마가 사용하게 되면 이 중환자실에 보관되었던 산소헬멧을 사용하시고 다음으로 사용할 환자를 위해 미리 구매를 해야 하는 것이라고 했습니다. 산소헬멧 판매자 연락처를 중환자실에서 받아서 전화를 하니 네이버의 스마트스토어 링크를 안내해 주셨고, 이곳에서 구매해 달라고 해서 인터넷으로 결제했습니다.

[병원에서 연락처를 받아 구매한 산소헬멧]

폐이식 수술 후 엄마의 5개월간 투병기록

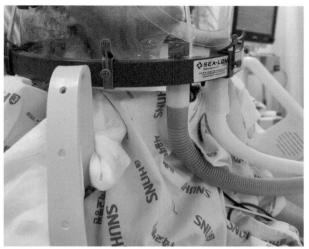

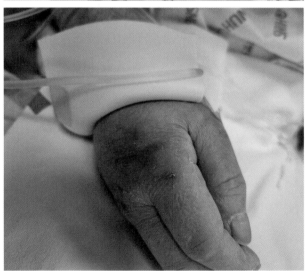

[실제 엄마가 산소헬멧을 사용하셨을 때 모습]

1월 20일 (수술 후 142일 차)

　주치의선생님과 통화를 했는데 중환자실에 계시는 엄마는 진정제를 조금만 써도 주무시기 때문에 인공호흡기를 기관에 삽관해서 푹 주무시는 상태라고 했습니다. 엄마가 1월 14일 급격히 안 좋아지시게 되면서 엄마가 중환자실을 절대 안 간다고 하시고, 더 이상 어떤 한 칼도 몸에 닿는 시술 또는 수술은 안 하신다고 했기에 주치의선생님에게 엄마가 그동안 많이 힘들었다고 기관절개술을 안 하겠다고 다른 가족들에게도 상의했던 부분을 말씀드렸습니다. 이후 주치의선생님은 절개술을 안 하게 되면 발관 후 자가호흡이 안 될 시에 임종준비까지 할 수 있다고 하셨습니다. 중환자실 면회시간인 오전 10시에는 남동생이 갔었는데 주치의선생님이 아직 교수님이 기관절개술을 하지 않는 것에 동의는 하지 않으셨다고 했습니다. 저녁쯤이 되어 교수님이 직접 저의 휴대폰으로 전화를 주셨습니다. 엄마의 근육을 포함한 전신상태가 회복이 되는 데 오래 걸릴 거라고 예상이 되지만 호흡을 위한 기계 세팅은 약하게 해도 호흡은 잘하고 계시고, 기관절개술로 지금 사용하고 있는 호흡용 큰 보조 기계를 작은 기계로 바꿔서 병동에서 근육이 돌아올 때까지 기다려 보자고 하셨습니다. 그리고 기관절개술을 할 경우에는 환자가 목소리를 내지 못하고 나중에 자가호흡이 된다면 절개된 곳을 막아서 다시 목소리가 나오게 할 수 있다고 했습니다.

엄마의 의식이 아주 명료하지는 않지만 나아질 수가 있고, 인공호흡기를 2주 넘게 입으로 삽관하면 관이 들어간 곳에 폐렴 외에 다른 균이 생길 수 있으니까 되도록이면 기관절개술을 하자고 하셨습니다. 이렇게 36분간 교수님께서 전화로 설명해 주시면서 오늘 오전에 주치의선생님이 임종면회에 대해서 가족에게 안내한 부분은 잘못 알려진 것이라고 하셨습니다. 계속적으로 인공호흡기를 뺄 수 있을지 확인하면서 빼기 전에는 미리 가족들에게 연락하겠다고 하시며 여기까지 너무 힘들게 왔는데 엄마를 꼭 살려보자고 하셨습니다. 교수님과 통화 중에 만약에 엄마가 1월 14일 토요일에 엄마가 원하셨던 대로 중환자실로 내려오지 않았다면 엄마는 어떻게 되셨을지 여쭤보니 돌아가셨을 거라고 했습니다. 이미 엄마가 원하지 않는 중환자실로 데려왔는데 이제는 더 이상 칼을 몸에 대고 싶어 하지 않는 엄마에게 환자가 원하지 않았던 기관절개술을 하자고 하는 것은 가족으로서 엄마를 더 괴롭히는 것 같아 고통스러웠습니다. 오늘 오전에 주치의선생님이 임종면회를 준비하자고 엄마가 지금 계시는 7번 방이 임종장소가 될 거라고 했던 말을 가족들에게 전했었기에, 언니는 이미 유럽에서 형부, 조카 3명과 한국으로 오는 비행기에 이미 타고 오는 중이었는데 교수님께서 엄마의 임종 소식은 잘못 전달된 것이라고 하니, 저로서는 어떻게 해야 할지 난감했습니다.

1월 21일(수술 후 143일 차)

언니의 가족들이 21일 토요일 아침 비행기로 한국에 도착했습니다. 병원에 아이들이 갈 수 없기에 조카들은 시어른들이 계시는 진해에 머무르기로 했고, 형부와 언니가 엄마 곁을 지키기로 했습니다. 교수님의 전화를 받고 이에 대해 가족과 상의하여 의논한 결과 엄마가 중환자실에 가시기 전에 가족들에게 당부했던 말씀을 그대로 더 이상의 시술이나 수술은 하지 않기로 주치의선생님께 말씀을 전해드렸습니다. 이후 주치의선생님이 보호자들의 의사를 전해드린 후 교수님도 포기할 수 없다고는 하셨지만, 보호자들과 의식이 없기 전 환자의 의견을 존중해 주기로 하셨습니다. 병원에서 오늘 저녁에 엄마의 가족들이 임종면회를 할 수 있다고 해서 8시에 외삼촌, 외숙모들과 아빠, 형부, 언니, 남편, 동생, 올케와 함께 엄마의 임종면회를 하고 왔습니다. 병원과 가까운 동성고등학교에서 계시는 김베드로 신부님께서 다행히 한걸음에 달려오셔서 병자성사를 해주셨고, 신부님이 가시고 가족들의 인사가 끝난 후 저는 온몸의 힘이 빠지면서 다리가 풀려 주저앉아 목 놓아 울어버렸습니다. 너무 슬퍼서 어떠한 모습으로 울었는지 기억이 뚜렷이 나지는 않지만 엄마 데리고 집으로 가자고 남편한테 울며불며 애원했다고 했습니다. 정말 그러고 싶었습니다. 다시 건강해진 엄마를 모시고 집으로 가서 예전처럼 일상생활로 돌아가고 싶었습니다. 지금

페이식 수술 후 엄마의 5개월간 투병기록

이렇게 임종면회를 했던 이 시간이 모두 꿈이길 바라며….

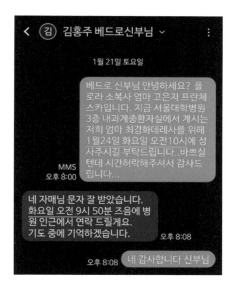

1월 22일(수술 후 144일 차)

엄마가 중환자실에서 인공호흡기를 삽관한 채 계속 의식 없이 계십니다. 엄마의 뜻대로 더 이상은 중환자실에서 있지 않고, 기관절개술을 하지 않기로 해서, 엄마의 몸 상태가 인공호흡기를 빼도 되는지 테스트에 통과하면 중환자실에서 인공호흡기를 빼고 일반 병실로 가기로 했기 때문입니다.

1월 23일(수술 후 145일 차)

엄마의 진료 담당교수님께 이메일을 써서 보냈습니다.

2023년 1월 23일 오전 3:17

교수님께,

안녕하세요?

저는 최경화 환자의 세 자녀 중 둘째 고은지라고 합니다.

설 연휴 중에 이렇게 교수님의 개인 이메일로 연락을 드려서 죄송합니다.

교수님의 개인 이메일 주소는 제가 교수님께서 쓰셨던 Article(논문)과 Page가 게재된 MEDICNINE과 SAGE Journals에 등록된 정보로 알게 되었습니다.

1월 22일 오전 면회시간에 힘들어하시는 엄마를 뵙고, 교수님께 드릴 말씀이 있는데 연휴인 관계로 이렇게 이메일을 드리게 되었습니다.

21일에는 폴란드에서 아침 7시 50분에 인천공항을 통해 주치의선생님이 말씀하셨던 임종면회를 하기 위해 언니, 형부, 조카 셋이 입국했습니다. 20일 교수님께서 전화를 저에게 주셨을 때는 이미 언니 가족들이 폴란드에서 비행기를 타고 있었던 상황이었기에 주치의선생님 말씀대로 오게 되었던 것입니다. 도착하자마자 가족 수시면회가 가능하다고 알고 있었기에 오전 11시까지 병원에 갔으나, 임종면회가 취소되면서 수시면회가 불가하게 되었다고 하여 엄마도 못 보고 갈 수 없어, 저희 언니가 엄마를 꼭 뵙고 싶다고 병원에 사정하여 저희 형부와 언니가 엄마를 직접 볼 수 있었다고 합니다. 그때 언니는 너무 힘겨워하는 엄마에게 선생님께서 말씀하셨던 기관절개술에 대해 질문을 했다고 합니다. "목에 구멍을 뚫는 시술을 하면 엄마 일반병실에서 회복하고 괜찮아질 수 있다는데 엄마 그거 해도 돼?"라고 묻자 고개를 여러 번 힘들게 좌우로 저어가며 싫다는 의사표시를 하셨다고 하세요. 그럼 엄마가 원하는 대로 더는 엄마 몸에 칼 대지 않고 중환자실에 더 이상 있지 않고 편해지면 좋겠냐고 언니가 엄마에게 여쭤보니 고개를 어렵게 끄덕이시면서 동의하셨다고 하고요. 이렇게 저희 언니는 환자 본인에게 기관절개술을 하지 않겠다는 동의를 가슴 아프지만 직접 받았습니다.

교수님께서는 의료책임자로서, 설 연휴가 끝나고 저희 엄마에게 직접 같은 질문을 하시고 답을 들으신 후 교수님께서 의사 결정해 주셔야 하는 것으로 알기에 저희 가족들은 힘들어하시는 엄마를 걱정하며 기다리겠지만 그 전에 제가 전문적인 의료지식이 없어서 교수님께 몇 가지 질문을 드리려고 합니다.

첫 번째로 여쭤볼 말씀은 주치의선생님이 저희에게 안내한 사항인 임종면회 및 임종 전 가족 수시면회, 임종장소로 현재 저희 엄마가 계시는 중환자실 8번 방은 환자와 환자가족의 의견만 들으시고 주치의선생님이 교수님께 상의 없이 독단적으로 결정하여 안내를 하실 수 있었던 건지요?

2023년 1월 20일 금요일 오전 10시에 제 동생이 엄마를 면회하러 갔을 때 동생 휴대폰을 통해 제가 주치의선생님께 저희 가족들의 의견에 변화가 없다고 말씀드렸습니다. 주치의선생님은 엄마의 전반적인 상황이 좋아지지 않고 적혈구가 깨지고 있으며, 면역억제제를 끊은 이후로는 이 상태가 만성적으로 지속되고 파종성 응고장애가 발생되어 몸의 밸런스가 깨지고 있다고 했습니다.

현재 엄마의 염증수치는 낮지만 주치의선생님은 보호자가 환자를 덜 힘들게 해 달라고 의사를 표현해 주면 이에 동의를 할 수 있다고도 했습니다. 이어서 주치의선생님에게 안내받은 사항은 만일 교수님께서 21일 오전에 했던 피검사 결과를 보시고 저희 엄마를 더 이상 힘들지 않게 하자고 결정하시고, 앞으로 보호자들의 뜻대로 기관절개술 하지 않는다면, 입에 삽관된 인공호흡기를 뽑고 24시간 이내에 돌아가실 수 있다고 했습니다. 그렇게 하기 위해서는 가족분들과 함께 지도교수님의 의견, 환자분과 환자가족의 의견이 중요하다고 들었습니다만, 교수님께서는 20일 금요일 오후 6시 전후로 연락 주셔서 저에게 엄마의 상태를 말씀하실 때는 전반적으로 근육이 회복이 되어야 자가호흡이 되는데 근육이 돌아오는 데 시간이 오래 걸려서 호흡기를 뺄 수 없고, 구멍을 내서 작은 기계를 달고 병동에서 근육이 재활이 되도록 진행하자고 하셨기에 두 분의 의견에 차이가 많이 나서요. 교수님께서는 임종이 잘못된 안내이고, 앞으로 엄마의 성공을 기대하고 인공호흡기를 빼자고 하셨고요.

하지만 저희 엄마와 가족들은 지금까지 교수님 말씀대로 모든 치료를 진행한 결과의 지금 엄마 상태가 앞으로 기대보다는 엄마가 얼마나 더 힘드실지 너무나 걱정만 되고 한없이 슬퍼집니다.

두 번째로 여쭤볼 말씀은 지금 갖고 있는 면역억제제의 부작용으로 적혈구가 깨지고, 파종성 혈관 내 응고장애로 피의 생성과 응고의 밸런스가 점점 더 심하게 깨지게 될 것으로 예상되고 있다고 들었는데 이 상태의 저희 엄마가 만일 기관절개술을 하고 근육이 재활되는 동안 일반병실에서 자가호흡이 어느 정도 기간에 걸쳐 가능하게 될 것으로 예상하고 계시는지요?

1월 6일 금요일에만 해도 저희 엄마는 병원에서 더 치료해 줄 사항이 없어서 걸을 수 있게만 되면 퇴원할 수가 있다고 들었는데, 그로부터 1주일이 지난 1월 14일 토요일 오전부터 오후까지 하루 만에 엑스레이 사진상 폐에 하얀 점들이 많이 나오고 산소포화도가 심각하게 떨어졌습니다. 당시 주치의선생님께 제가 질문을 드리니 이식받은 폐가 좋았을 때가 100이라고 하면 그때의 엄마 상태는 30이라고 전해주셨거든요. 그리고 그렇게 나빠졌던 이유로 의심되는 점이 하나는 면역억제제의 부작용과 두 번째는 코로나 확진 가능성이라고 하셨는데 후자가 아니었기에 전자의 원인이었다 하더라고 정확하게 급속으로 폐가 안 좋아진 원인파악은 오리무중이라고 대답하셨던 주치의선생님의 답변이 기억이 납니다. 앞으로도 이런 면역억제제의 부작용으로 엄마가 갑자기 하루 만에 안 좋아지실 수 있는 확률도 높다고 생각합니다. 또한, 교수님께서 2018년 5월 9일 Journals에 게재하셨던 'Rapid Muscle Loss Negatively Impacts Survival in Critically Ill Patients With Cirrhosis'에 따르면 급격한 근육 감소가 ICU에서 간경변 환자의 사망률 및 병원 내 사망률 증가와 관련이 있다고 하셨어요. 물론 저희 엄마가 간경변 환자는 아니지만 여러 가지 문제로 몸 상태가 안 좋으신

페이식 수술 후 엄마의 5개월간 투병기록

엄마가 자가호흡이 어려울 정도로 근육이 부족한 상태인데, 1주를 예측하기 어려운 상황에서 몇 주 또는 몇 달이 될 엄마의 근육 재활에 대해서는 어느 정도로 긍정적으로 환자와 환자가족에게 확신을 주실 수 있으실지요….

세 번째로는 저희 엄마가 부탁하셨던 엄마 몸에 더 이상 칼을 대지 않기와 다시는 중환자실에서 혼자 두지 말아달라고 하셨던 말씀을 들어주시기를 부탁드립니다.

여러 차례 저희 엄마가 교수님께도 말씀을 드렸지만 저희 엄마는 다시는 중환자실에서 치료를 받지 않는다고 하셨습니다. 그러나 1월 14일 다시 중환자실로 의료진들에게 부탁한 바와 다르게 옮겨지셨습니다. 그때 저희 엄마가 동의한 이유는 같은 병실에 코로나 확진자가 있어 엄마 상태가 산소포화도가 심각할 정도로 떨어져서 간다고 들은 게 아니라 잠시 하루 이틀만 중환자실에 있으며 산소포화도를 높이고만 온다고 들었기 때문입니다. 2022년 8월 31일 폐이식 수술 이후에 두 번의 추가수술과 현재까지 교수님께서 저희 엄마에게 하자고 하셨던 모든 진료를 다 거부하지 않고 받았지만, 저희 엄마는 더 이상 중환자실에서 혼자 계시거나 제발 몸에 칼을 대서 힘들게 하지 말아달라고 부탁하시고 저희 자녀들 또한 엄마가 더 이상 고통스럽지 않고 몸도 마음도 편안해지시기를 기도하고 간절히 바랍니다. 저희 엄마를 수술부터 지금까지 가장 가까이에서 정신적으로 응원해 주시고, 의료적으로 지원해 주시며, 최선을 다해주신 교수님께 저희 엄마와 가족들은 진심으로 감사의 말씀을 드리지만, 환자의 자기결정권도 인간으로서 존엄과 가치 및 행복추구권에 기초한 가장 본질적인 권리이기에 더 이상 엄마가 힘들지 않도록 부탁드린 환자와 환자가족들의 의견도 부디 받아주시길 부탁드립니다. 저희 엄마와 가족들이 안내해 드리는 결정은 특정한 치료방법을 거부하며 자살하고자 하는 목적이 아니며, 이 결정으로 인해 침해될 제삼자의 이익도 없을 것이고, 이러한 자기결정권의 행사가 생명과 대등한 가치가 있는 헌법적 가치에 기초하고 있는 환자의 자기결정권임을 말씀드립니다.

이와 더불어 2018년 2월 4일 시행된 연명의료결정법의 연명의료결정제도에 따라 현재 저희 엄마가 받아야 한다고 말씀하셨던 기관절개술을 저희 엄마가 앞으로의 치료과정을 거치며 겪으실 고통이 아닌, 최선의 이익을 보장하기 위해 시행하지 않거나 중단할 필요가 있다고 의학적으로 판단해 주시어 저희 엄마가 삶을 존엄하게 마무리할 수 있도록 도와주시길 부탁드립니다.

저희 엄마는 어려운 환경에서 저희 삼 남매를 키우시면서, 소리치며 혼낸 적이 단 한 번 없으셨고, 61세에는 한자자격증 1급을 따셨을 정도로 열심히 공부도 하시고, 간질성 폐질환으로 산소호흡기를 24시간 껴야만 하는 상황에서도 하루도 빠지 않고 늘 새벽에 일어나셔서 가족들을 위해 기도해 주시던 존경받는 엄마이십니다. 그리고 저희 삼 남매는 세상에서 누구보다 엄마를 사랑하고 엄마가 더이상 육체적 아픔으로 고통받기를 원하지 않습니다.

다시 한번 저희 엄마를 위해 최선을 다해주신 교수님께 감사드립니다.

최경화 환자 둘째 고은지 드림

* 아래 사진은 2021년 엄마 생신 축하 때 드렸던 케이크예요.

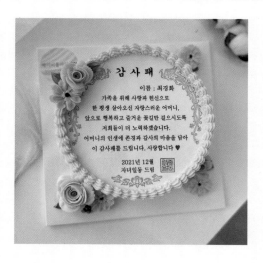

1월 24일(수술 후 146일 차)

　교수님께서는 설 연휴 중인데도 새벽녘에 제가 질문드린 사항에 대해서 자세한 설명과 함께 안타까운 상황에 대해서 많이 힘들어하시며 답장을 주셨습니다. 언니가 형부와 함께 중환자실에서 대기하고 저는 남편과 아이들을 집에서 보며 엄마의 상태가 어찌 될지 계속 불안해하고 있었습니다. 언니는 저에게 엄마는 보조기구로 호흡을 잘하고 가래가 자꾸 나오는데 그것도 잘 뱉고 계시고, 지금은 이제 남동생 걱정이 안 되고 마음은 편하다고 하셨다고 했습니다.

2023년 1월 24일 오전 6:49

교수님, 안녕하세요?

가족과 함께 편히 지내셔야 하는 설 연휴에 교수님을 번거롭게 해 드려 죄송합니다.

지난 일들에 대해서 잘 이해할 수 없었던 저였기에 긴 이메일로 여러 질문을 드리게 되었는데, 가족과 보내야 하는 명절 연휴에 따로 시간을 내주시어 이해하기 쉽게 잘 설명해 주셔서 감사드립니다.

교수님께서 지난해 어머니를 떠나보내시고, 슬픈 마음을 추스를 겨

를도 없이 저희 엄마와 같은 환자들을 성심성의껏 돌봐주시느라 그 동안 정말 많이 힘드셨을 것 같아요.

교수님께서 주신 답변을 읽고 또 읽으며, 2022년 8월 31일 페이식 수술을 위해 엄마가 입원하며 2023년 1월 22일까지 기록했던 144일간의 엄마 병상일지를 다시 살펴보았습니다. 제가 워드파일에 기록했던 엄마 사진들과 병원에서의 기록들을 보며, 페이식 수술 후 회복되는 과정이 얼마나 어려웠었는지 다시금 알게 되었고, 회복을 위해 열심히 노력하셨던 엄마와 치료를 위해 진심으로 힘써주신 교수님께 감사의 말씀을 드립니다.

어제 저녁 7시에는 교수님께서 도와주신 덕분에 저희 엄마의 형제분들과 가족들이 중환자실에 계신 엄마를 함께 뵙고 올 수 있었고, 이후 저희들은 각자의 자리에서 주님께서 저희 엄마에게 가장 좋은 방향으로 인도해 주시기를 기도하고 있습니다.

저 또한 엄마가 그러셨던 것처럼 아이 셋을 키우며 회사 일과 육아를 열심히 하다 나이가 들어 언젠가 가족들과 떨어져 Inevitable Hour를 맞이할 때, 엄마가 받으셨던 사랑과 존경을 반만이라도 받을 수 있으면 좋겠다며 목표를 세워봅니다. 그리고 영원에서 영원까지 주님이신 하느님께 먼 길을 걸어서 이제는 주님 앞에 서있는 저희 엄마를 축복해달라고 기도를 드립니다. 어떠한 고난도 마다치 않고 감당하며 저희를 사랑해 주셨던 엄마, 저희와 함께 기쁨과 슬픔을 나누며 지혜를 가르쳐 주셨던, 그리고 세상에서 그 누구보다 선하게 사셨던 저희 엄마를 생각하며 가족들이 언제나 서로 화목하고 사랑하며 주님의 뜻에 살도록 기도합니다.

그럼 병원에서의 연락을 기다리고 있겠습니다.

감사합니다.

고은지 드림

1월 25일(수술 후 147일 차)

병원에서 문자가 왔는데 엄마가 일반병실로 옮기기로 했고 엄마가 쓰셨던 의치를 면회 때 가져오라고 했습니다.

페이식 수술 후 엄마의 5개월간 투병기록

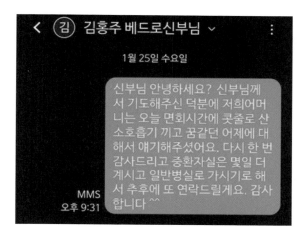

신부님 안녕하세요? 신부님께서 기도해주신 덕분에 저희어머니는 오늘 면회시간에 콧줄로 산소호흡기 끼고 꿈같던 어제에 대해서 얘기해주셨어요. 다시 한 번 감사드리고 중환자실은 몇일 더 계시고 일반병실로 가시기로 해서 추후에 또 연락드릴게요. 감사합니다 ^^

1월 26일(수술 후 148일 차)

지친 가족들이 집에서 쉴 수 있도록 하고 다시 시어른들과 남편에게 아이들을 맡기고 제가 엄마가 계시는 중환자실 앞에서 기다리며 보호자가 들어오라고 할 때까지 대기를 했습니다.

내과 일반병동(임종기)

1월 27일(수술 후 149일 차)

엄마가 일반병실로 가셨고 콧줄로 식사하시고 약과 물도 콧줄로 드셨다고 했습니다. 장내균이 있어서 격리해야 하기에 2인실의 옆에 환자가 다행히 같은 균이 나와서 일반병실로 옮길 수 있게 되셨습니다. 언니가 얇은 담요를 달라고 해서 잠깐 언니에게 전해주고 왔습니다.

밤에는 제가 갔는데 당직의가 일반병실에서 쓸 수 있는 산소 최대치를 쓰고 있는데도 산소포화도가 70밖에 되지 않아서 가족들을 오늘 밤에 다 불러달라고 했습니다.

1월 28일(수술 후 150일 차)

피검사 결과가 나왔는데 여러 수치가 안 좋은지 교수님과 주치의선생님의 동의하에 엄마에게 들어가는 모든 항생제와 약을 끊고 진통제는 올리고 해열제는 계속 투여하기로 했습니다. 천주교원목실에 전화해서 임종기에 일반병실에 계시는 엄마를 위해 기도 부탁을 드리니, 의료진 먼저 허락을 받아달라고 하셔서 간호사분들에게 허락을

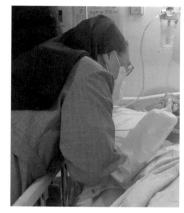

[병원 원목실에서 근무하시는 루멘 수녀님의 기도]

받아 루멘 수녀님이 오셔서 엄마를 위해 기도해 주셨습니다. 수녀님이 엄마를 위해 따뜻한 물수건으로 자주 몸을 닦아 드리고, 손으로 주물러 드리며 기도하고 좋은 이야기 많이 해드리라고 말씀해 주시고 가셨습니다. 루멘수녀님은 본인 어머니께서 돌아가실 때 옆에 임종을 지켜드리지 못해서 많이 슬펐다고 하시며, 저에게 어머니가 옆에 계시는 동안 나중에 아쉬움이 없도록 남김없이 하고 싶은 이야기하는 게 좋을 것 같다고 알려주셨습니다.

1월 29일(수술 후 151일 차)

　아침 7시 엄마에게 주사를 놓기 위해 간호사가 와서 지금 들어가는 주사가 무엇인지 문의하니 스테로이드와 혈전예방제라고 했습니다. 그래서 엄마가 피검사 결과가 안 좋아서 교수님께서도 더 이상은 치료목적의 약물은 받지 않기로 했는데, 승압제가 수액과 함께 들어가고 있고 열이 아직도 높은 사람에게 스테로이드는 투약하는 게 더 엄마를 힘들게만 하는 것 같다고 간호사에게 투약하지 말아달라고 부탁 드렸습니다. 그리고 주치의선생님에게 확인받아 달라고 했습니다.

　아침 8시 담당교수님에게 이메일을 쓰고 10시쯤에 답을 받아 엄마가 더 이상 고통스럽지 않게 해달라고 부탁 드렸습니다.

[임종기에도 혈관주사로 투여되고 있던 승압제, 노르핀]

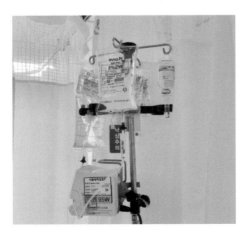

페이식 수술 후 엄마의 5개월간 투병기록

임종기 환자의 경우에도 보호자가 따로 요청하지 않으면 기본적으로 승압제와 스테로이드는 투여된다고 들었으나, 더 이상 엄마의 질병 상태를 호전시키지 못하는 임종과정의 기간만을 연장하는 이 약들에 대해서 연명의료결정법 시행규칙을 찾아본 후 담당의사선생님에게 승압제와 스테로이드 투여 중지를 오전에 이메일로 간곡히 요청드렸습니다.

2023년 1월 29일 오전 9:36

교수님, 안녕하세요?

이렇게 휴일에 연락드림에 다시 한번 송구한 말씀을 드립니다. 어제는 병원 천주교 원목실에 계시는 루멘 수녀님이 병동에 코로나 자가키트 확인 후 면회 가능하다고 허락받아 잠깐 오셔서 자비의 기도를 해주셨고, 수녀님께 배운 대로 어머니 곁에서 좋은 복음 말씀 읽어드리고 기도해 드리며 따뜻한 물수건으로 몸을 닦아드리고 있어요. 오늘 오전 저희 어머니 현재 Patient Monitor의 상태는 심박수 99, 산소포화도 74, 혈압 91/37, 호흡수 25이세요. 인공호흡기 발관 후 6일 차이며 의식은 없으시고 한 숨 한 숨 쉬실 때마다 어깨가 위아래로 움직이며 힘들게 보이고 계시고요. 어제 오전 교수님께서 피검사 결과 보시고 항생제를 끊었다고 말씀을 주치의선생님이 전해주셨는데, 아직 스테로이드와 인슐린을 주사로 주기적으로 간호사분들이 넣어주세요. 제가 의학적 지식이 전혀 없어서 2018년 2월에 회복 가능성이 없는 임종환자의 연명의료 중단 이행을 위한 대한중환자의학회에서 발간한 자료를 찾아보니, 그 자료의 권고사항에는 인공호흡기 발관 후 승압제 중단, 발관 전 수액과 영양공급조절, 발관 후 약물사용제한(인슐린, 스테로이드)라고 나와있더라고요. 교수님께서 주치의선생님에게 항생제 중단하라고 하심이 여러 동반되는 약물도 함께라는 뜻도 있으셨을 것으로 예상되는데 잘 전달이 되었을지 시간 되실 때 확인해 주시길 부탁드립니다.

2020년 2월 국내 타 대학병원에서 게재한 연명의료 중단 등 결정 이행서를 보니 임종기 환자의 특성 및 통계치 연구 결과, 임종기의 길이가 10분부터 110일까지 표준편차가 크고 환자마다 컨디션이 다르기에 임종기의 예측이 불가하다고 했어서 저와 가족들 또한 서두르지 않고 하느님께서 어머니가 고통스럽지 않게 주님 품에 가실 수 있기만 기도하고 있습니다만, 그 이행서에서 통계치 연구 결과 및 그 외 논문 결과를 살펴볼 때 기관발관부터 임종에 걸리는 시간에 가장 영향을 크게 영향을 끼친 인자가 임종 전후 승압제 사용 여부라고 되어있기에 이렇게 아무것도 모르는 제가 다시 교수님께 용기를 내어 여쭤보게 되었습니다.

바쁘신 교수님께서 제가 보내드리는 이메일을 읽어주시기만 해도 감사하다고 생각했었는데 진심으로 제가 드린 질문에 답을 해주시며 저희 어머니에 대한 진심 어린 살핌으로 환자에 대한 사랑을 보여주셔서 대단히 감사합니다.

저희 어머니가 편히 떠나시게 되면 제가 살고 있는 곳의 성당에 있는 유해봉안소에 계실 예정이며, 미사를 드리는 성당 안에 오르간 소리와 기도 소리를 들으시며 평소 소원하셨던 매일 미사를 드릴 수 있게 될 것 같아요. 제가 유해봉안소에 갔을 때 남은 두 자리 중 가장 안쪽에 자리를 계약할 수 있었고 때마침 오르간 연습 시간이었어서 조용한 성당에서 오르간 소리를 들으며 기도도 하고 올 수 있었습니다. 지난주 임종면회 얘기가 나오기 시작 후 엄마 의식이 있으실 때 언제 올지 모르는 그날을 예약한 봉안소의 사진과 위치를 보여드리니 추운 수목장은 정말 싫었는데 이렇게 내 마음에 드는 곳을 알아봐 주셔서 고맙다고 말씀하셨었어요.

이메일 회신은 안 해주셔도 되오니, 저희 가족들이 교수님께 드리는 감사의 말씀만 받아주시기 부탁드립니다.

감사합니다.

고은지 드림

연명의료와 시술의 종류

'연명의료'란 임종과정에 있는 환자에게 하는 심폐소생술, 혈액투석, 항암제 투여, 인공호흡기 착용 및 그 밖에 의학적 시술로서 치료효과 없이 임종과정의 기간만을 연장하는 것을 말합니다(「호스피스·완화의료 및 임종과정에 있는 환자의 연명의료결정에 관한 법률」 제2조제4호).

연명의료 시술의 종류는 다음과 같습니다[「호스피스 · 완화의료 및 임종과정에 있는 환자의 연명의료결정에 관한 법률 시행령」 제2조 및 「연명의료결정제도안내」(보건복지부, 2019. 6.), 36~37쪽 참조].

시술 종류	내용
심폐소생술	· 심장마비가 발생하면 심장박동과 호흡이 멈추면서 온몸으로의 혈액 공급이 중단되는데, 이때 가슴압박과 인공호흡을 행함으로써 정지된 심장을 대신해 심장과 뇌에 혈액을 공급하는 응급처치법 · 흉부압박으로 인한 갈비뼈 골절과 혈흉 및 기흉(폐에 공기가 참)의 부작용이 나타날 수 있으며, 기도삽관으로 인한 치아 손실, 목소리 손상 등의 부작용이 나타날 수 있음

페이식 수술 후 엄마의 5개월간 투병기록

시술 종류	내용
혈액투석	· 신장(콩팥)은 혈액 속의 노폐물을 걸러내 소변으로 배출시키는 기능을 수행하는데, 이 기능에 이상이 생긴 말기 신부전 환자에게 의료기기를 사용하여 혈액 속 노폐물이 배출되게 하는 의학적 시술. 일반적으로 인공적인 혈관 통로를 통해서 몸속 피를 일부 뽑아 그 속의 찌꺼기를 거른 다음 깨끗해진 피를 다시 넣어주는 과정을 일정 시간 지속하는 방법 · 혈액투석을 위해서는 가슴, 목, 사타구니 등에 카테터 삽입술이 시행되는데, 카테터 삽입의 과정에서 혈관 외상, 출혈, 감염이 발생할 수 있음. 혈액투석 시 혈액응고제의 사용이 빈번하여 출혈의 위험이 높게 나타남
항암제 투여	· 암을 축소, 억제, 제거하기 위해 약물을 사용하는 의학적 시술로써, 암의 종류와 진행 정도에 따라 다양한 방법이 존재 · 항암제는 암세포에만 선택적으로 작용하는 것이 아니라 정상세포에도 손상을 입히기 때문에 위장장애, 탈모증 등 여러 가지 부작용을 동반
인공호흡기 착용	· 스스로 정상적인 호흡을 할 수 없는 호흡부전 환자에게 인공적인 방법으로 호흡을 도와주는 방법 · 일반적으로 기도 확보를 위해 튜브를 삽입하는 기관 내 삽관이 필요한데, 기도삽관이나 기관절개술의 시행과정에서 침습적인 행위로 인해 치아나 기도의 손상, 식도 천공, 피하기종 및 출혈 등이 발생할 수 있으며 기도삽관 및 절개로 인한 통증 등으로 진정제와 승압제 등의 약물을 지속적으로 사용하기도 함
체외생명 유지술	· 심각한 호흡부전 · 순환부전 시 체외순환을 통해 심폐기능 유지를 도와주는 시술. 체외순환장치(체외형 막형 산화기(에크모, ECMO))를 사용하여 인공순환을 유지하며, 정맥혈을 뽑아 체외에서 산소를 보충하고 이산화탄소를 제거한 다음 정맥 또는 동맥 내로 주입하는 방법 · 출혈(도관 삽입부 출혈, 위궤양 출혈, 뇌출혈), 응고장애, 도관을 삽입한 하지의 허혈, 공기색전증, 혈전색전증 등의 부작용이 발생할 수 있음

시술 종류	내용
수혈	· 수혈은 정맥에 정맥관(IV)을 삽입하여 혈액을 투여하는 시술로써, 신체가 혈액의 일부를 생성할 수 없거나 혈구가 제대로 활동하지 않을 때, 또는 피를 많이 흘렸을 때 필요할 수 있는 치료방법 · 미열이나 피부발진과 같은 경미한 반응 또는 체액 과부하와 같은 부작용이 있을 수 있음. 이 밖에 자신에게 적합하지 않은 혈액의 수혈, 알레르기나 급성 폐 손상 등의 심각한 반응, 세균이나 바이러스 등의 감염 등의 문제가 있을 수 있음
혈압상승제 투여	· 혈관 수축제를 투여하는 방법으로써 쇼크, 중증 저혈압, 심근경색이나 심부전일 때에 인위적으로 혈압을 상승시키는 약제를 투여하는 것임 · 지속하여 사용 시 사지괴저 등의 유발 할 수 있음

· 다만 통증 완화를 위한 의료행위와 영양분 공급, 물 공급, 산소의 단순 공급은 연명의료 시술로 보지 않으며, 연명의료중단등의 결정을 이행할 때에도 해당 행위를 시행하지 않거나 중단해서는 안됩니다(「호스피스·완화의료 및 임종과정에 있는 환자의 연명의료결정에 관한 법률」 제19조제2항 참조).

* 연명치료 중단에 대한 자료는 대한중환자의학회에 자세히 나와있어서 참고했습니다
(https://general.ksccm.org/html/?pmode=treatment07).

중환자실에서의 연명의료

연명의료는 사망이 임박한 것으로 판단되는 환자의 질병 상태를 호전시키지 못하고, 치료적 효과 없이 임종과정의 기간만을 연

장하는 의학적 시술을 말합니다. 원칙적으로 연명의료는 해당 환자에 대한 의학적 판단과 환자 본인의 명시적 의사에 근거하여 유보되거나 중지될 수 있습니다.

연명의료 중단 등 결정에 관한 논의

연명의료의 대상이 되는 환자는 담당의사로부터 자신의 질병 상태와 치료방법에 대한 적절한 정보와 설명을 받고 협의를 통해 연명의료계획을 스스로 결정할 수 있으며, 이러한 과정에서 가능한 한 환자의 의사는 존중되어야 합니다. 환자실에서는 담당의사가 연명의료의 대상이 되거나 될 것으로 예상되는 환자나 환자가족에게 연명의료의 적용 여부와 범위, 사전돌봄계획의 필요성을 설명하고 논의를 시작할 것을 권장합니다. 연명의료의 대상이 되는 의학적 시술의 종류로 현행법은 **심폐소생술, 혈액투석, 항암제 투여, 인공호흡기 착용**의 4가지만 인정하고 있으나, 그 4가지 이외에 대통령령으로 연명의료의 대상이 되는 시술을 추가할 수 있도록 하였습니다(수혈, 승압제, 에크모 등, 안 2조 제호).

중환자실에서 연명의료 중단 등 결정에 관한 논의 대상이 되는 환자 및 논의 시점

1) 급성 및 만성질환 환자: 임종기는 담당의사의 판단으로 수일이나 수주 내에 환자의 상태가 악화하고 사망이 예상되어 환자와 환자가족과 임종 돌봄에 관한 논의가 구체적으로 시행되는 시점입니다.

2) 만성중증질환 환자: 만성중증질환 환자란 인공호흡기나 신대체요법 등 수주 이상 기계에 의지하지 않고는 생명을 유지할 수 없는 환자로 이 경우 임종기는 담당의사의 판단으로 더 이상 환자가 생존하기 어려워 환자와 환자가족과 연명의료 중단 등 결정에 대하여 구체적인 논의를 하는 시점입니다.

3) 체외순환막형산화요법(에크모)적용 환자: 임종기는 담당의사의 판단으로 기저질환의 회복 소견이 없으면서, 다발성 장기부전이 진행되거나 장기이식의 대상자 또는 기계적 생명보조장치의 대상자가 되지 않는 경우, 환자와 환자가족과 체외순환막형산화요법의 지속 또는 중지를 논의하는 시점입니다.

* 현행법은 말기환자(만성폐쇄성폐질환, 간경화, 에이즈, 암)와 임종과정

에 있는 환자에게만 그 의사에 따라 담당의사가 연명의료계획서를 작성할 수 있도록 하고 있으나, 수개월 이내에 임종과정에 있을 것으로 예상되는 환자에게도 연명의료계획서를 작성할 수 있도록 그 대상범위를 확대함(안 제2조 제8호, 제10조 제1항, 제2항).

연명의료중단 등 결정에 관한
환자 의사 확인

임종과정에 있는 환자에 대하여 연명의료 중단 등 결정을 이행하려는 담당의사는 다음 중 어느 하나의 방법으로 환자의 의사를 확인하고 기록하여야 합니다. 환자의 의사 확인 방법은 다음과 같습니다.

1) 미리 작성해 둔 사전연명의료의향서가 있는 경우, 담당의사가 그 내용을 환자에게 확인할 수 있습니다. 이때 환자가 의사능

력이 없는 상태라면 담당의사 및 해당 분야 전문의 1인이 함께 그 내용이 적법하게 작성되어 있음을 확인하여야 합니다.

2) 담당의사가 환자에 대한 연명의료계획서를 작성한 때도 환자의 직접적 의사를 확인할 수 있습니다.

3) 연명의료계획서나 사전연명의료의향서가 모두 없고 환자가 의사 표현을 하는 것이 불가능한 상태라면 평소 연명의료에 관한 환자의 의향을 환자가족 2인 이상이 같이 진술하고, 그 내용을 담당의사와 해당 분야 전문의가 함께 확인하면 됩니다.

4) 만약 위의 모든 경우가 불가능하다면, 환자가족 전원이 합의하여 환자를 위한 결정을 할 수 있고, 이를 담당의사와 해당 분야 전문의가 함께 확인하여야 합니다. 환자가 미성년자면 친권자가 그 결정을 할 수 있습니다.

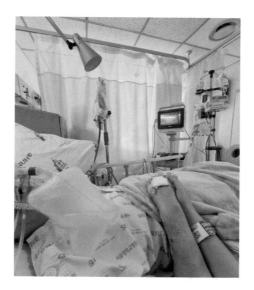

[힘겹게 숨 쉬고 계시는 엄마의 뜨거운 손]

　1월 29일 오전 이메일을 교수님께 보내고 고열로 뜨거운 엄마의 손을 꼭 잡고 기도하며 주치의선생님의 처방을 기다리고 있었습니다.

　의식이 없는 엄마에게 현재 상황을 말씀드리며 지켜드리지 못해 죄송하다고…. 최고로 좋은 병원에서 엄마가 건강히 회복되어 나가게 해드리고 싶었는데 이렇게 계속 아프게 해드려서 죄송하다고 연신 눈물을 흘리며 말씀드리고 있는데, 11시 반 정도에 주치의선생님이 오셔서 교수님께서 제가 보내드린 이메일을 읽으셨고, 엄마의 연명의료로 판단된 승압제와 스테로이드제를 더 이상 투여하지 않기로 했지만, 고열이기에 해열제만 투여해 주시기로 했습니다.

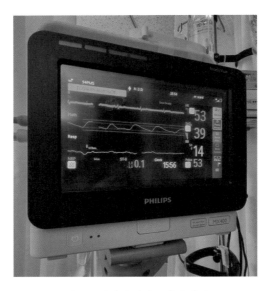

[임종기 엄마의 환자모니터 장치]

오후 3시 56분 엄마의 Patient Monitor의 HR(Heart Rate, 맥박)은 정상 오전에 100에서 53으로 떨어졌고, SP O2(산소포화도)는 100%에서 39%로 떨어졌습니다. 슬픔과 두려움이 가득 차 어찌할지 모르던 그 시간, 엄마가 평소에 좋아하시던 노래를 들려드려야겠다는 생각이 들었습니다. 우리들이 엄마를 만지며 울고불고하는 이 시간에 우리의 울음소리 대신 엄마가 좋아하던 가수인 Engelbert Hamperdink 의 'Release Me' 앨범의 노래를 들으시며 조금이라도

육체적 고통을 덜어드릴 수 있기를 바라며 떨리는 손으로 엄마의
휴대폰에서 음악을 검색하여 들려드렸습니다.

[엄마가 좋아하는 올드팝 가수]

음악을 들려드리고 얼마 후 오후 4시 10분 즈음 환자모니터의
모든 숫자들이 0으로 바뀌었습니다. 그리고 주치의선생님이 오셔
서 4시 13분에 사망 선고를 하셨습니다. 아직도 엄마의 손과 이마
는 뜨거운데 엄마는 이제 더 이상 숨을 쉬지 않았습니다. 아무리
손을 꽉 잡고 엄마의 얼굴에 입을 맞추어도 반응이 없었습니다. 저
또한 숨을 쉴 수 없는 것 같았습니다. 사망 선고를 한 의료진이 엄
마의 얼굴에 이불로 얼굴을 가렸습니다. 한동안 우리 가족들은 눈

물만 흘리고 아무것도 할 수 없는 정지 상태에서 멈추어 있다가 부디 엄마가 이제는 이 고통에서 자유로워지고 하늘에서 편히 계시길 기도드렸습니다.

■ 의료법 시행규칙 [별지 제6호서식] <개정 2018. 9. 27>

사 망 진 단 서

등록번호					연번호			
①	성 명	최경화	② 성 별	○ 남 ● 여	③ 주민등록번호			
④	실제생년월일	1953년			⑤ 직 업			
⑥	주 소							
⑦	발 병 일 시		시 분 (24시간제에 따름)					
⑧	사 망 일 시	2023년01월29일	16 시 13 분 (24시간제에 따름)					

⑨	사 망 장 소	주 소	○ 자택 주소와 동일 　　_병원 ○ 기타(직접입력) 　　　　　　　　　　　　　　2.병원
		장 소	○ 주택　　　　● 의료기관　　　　○ 사회복지시설(양로원, 고아원 등) ○ 공공시설(학교, 운동장 등)　○ 도로 ○ 상업·서비스시설(상점, 호텔 등)　○ 산업장 ○ 농장(논밭, 축사, 양식장 등)　○ 병원 이송 중 사망 ○ 기타

⑩	사 망 원 인 ※ (나)(다)(라) 에는 (가)와 직접 의학적 인과관계가 명확한	(가) 직접사인	폐렴	발 병 부 터 사망까지의 기 간	1개월
		(나) (가)의 원인	간질성 폐질환		
		(다) (나)의 원인	쇼그렌 증후군		
		(라) (다)의 원인			
		(가)부터 (라)까지 관계없는 그밖의 신체상황			

승압제를 끊고 6시간 만에 돌아가신 엄마의 장례식을 준비하며, 제가 의료진이 말씀하신 대로 의식이 없는 엄마에게 기관절개술을 해서 비록 말씀을 못 하시더라도 몇 개월이라도 승압제와 스테로이드로 엄마가 병원생활을 더 하시는 게 좋았던 건 아니었을지 죄책감과 후회가 머리를 가득 채웠습니다. 그렇지만 폐이식 수술 이후 평생 복용해야 할 면역억제제 부작용으로 혈소판 깨짐과

파종성 응고장애로 지혈이 안 되어 수혈을 계속할 수도 있고, 면역 억제제를 줄이니 30%로 사용할 수밖에 없게 된 이식받은 폐로 엄마의 근육이 자가호흡할 만큼 버티게 해달라고 하면 그 시간이 더 엄마를 고통스럽게 할 수도 있다는 생각도 들었습니다. 그렇게 후회와 슬픔으로 장례식에 오시는 가족, 친지, 지인분들에게 경황없이 인사를 드리고 마지막으로 엄마의 수술을 집도하고 끝까지 포기하지 않고 엄마의 회복을 위해 최선을 다하셨던 교수님께 이메일을 보냈습니다.

교수님, 안녕하세요?

저희 어머니께서는 따뜻한 위로와 많은 기도를 받으며, 장례미사 후 저희 집에서 가까운 성당의 유해봉안소에 편안히 모시게 되었습니다.

2006년에 2년의 시한부 선고받으신 후 기적같이 어머니와 새해를 함께 맞이할 때마다 어찌나 감사하던지요…. 비록 오랜 기간 산소호흡기에 의지하시다 22년 8월 말 폐이식 수술 후 교수님의 치료와 응원의 보답으로 회복을 하셨으면 좋았겠지만, 이제는 고통 없이 하느님의 품에 가셨음을 믿기에 기도하며 보내드리려고 합니다.

고인이 되시기 전 저희 어머니를 위해 기쁨과 슬픔을 함께해 주신 최선미 교수님께 숙연한 마음으로 진심을 다하여 감사의 말씀을 올립니다.

새로운 봄을 맞이하여 건강하시고 행복하시길 기원하며, 다시 한번 진심으로 감사드립니다.

감사합니다.

고은지 드림

4장

입원·수술비 외 기타 경비

4-1

입원 · 수술비

계산 기간(입원~퇴원)	진료비 총액	환자부담 총액
2022년 8월 31일 ~ 2022년 10월 14일	145,896,261원	22,276,877원
2022년 10월 15일 ~ 2022년 12월 31일	88,455,465원	17,779,493원
2023년 1월 1일 ~ 2023년 1월 29일	46,967,155원	9,053,882원
합계	281,318,881원	49,110,252원

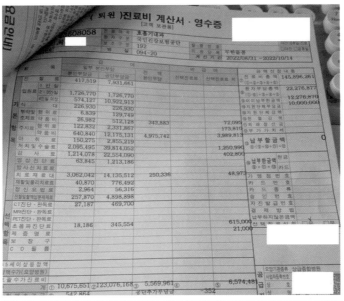

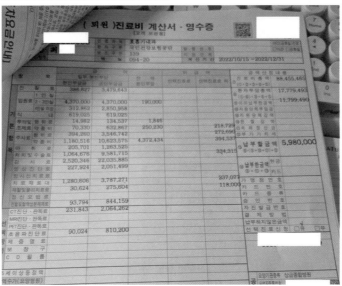

폐이식 수술 후 엄마의 5개월간 투병기록

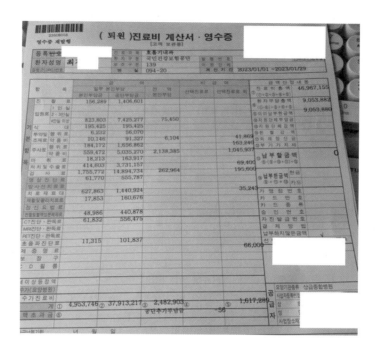

(퇴원)진료비 계산서 · 영수증
[고객 보관용]

등록번호		진료과목	호흡기내과	발행일	
환자성명	최○○	진료구분	국민건강보험공단	병동·호	
환자번호		보험구분	139		
질병(DRG)번호		병실	094-20	계산기간	2023/01/01 ~2023/01/29

항 목		급 여		비 급 여		금액산정내용	
---	---	일부본인부담		전 액 본인부담	선택진료료	선택진료료 외	
		본인부담금	공단부담금				
진 찰 료		156,289	1,406,601				진료비 총액 ①(①+②+③) 46,967,155
입원료	1 인 실						환자부담 총액 ②(④-⑤)+⑥+⑦+⑧ 9,053,882
	2 · 3인실						⑩이 납부한 금액 9,053,880
	5인 이상	823,803	7,425,277	75,450			⑪자 동 이 체 부 담 금
식 대		195,425	195,425				⑫현 금 영 수 증
투약및	행 위 료	6,232	56,070				⑬진 료 비 감 면 액
조제료	약 품 비	10,146	91,327	6,104		41,869	⑭선 택 진 료 료
주사료	행 위 료	184,172	1,656,862			163,246	⑮후 불 카 드 액
	약 품 비	559,472	5,035,270	2,138,385		1,045,937	
마 취 료		18,213	163,917				납부할 금액 0
처치 및 수술료		414,603	3,731,157			69,400	
검 사 료		1,755,772	14,894,734	262,964		195,600	납부현금액 현금 ⑩+⑪+⑫ 카드
영상진단료		61,770	555,787				
방사선치료료						35,243	가 맹 점 번 호
치 료 재 료 대		627,863	1,440,924				카 드 번 호
재활및물리치료료		17,853	160,676				카 드 종 류
정 신 요 법 료							승 인 번 호
전혈및혈액성분제제료		48,986	440,878				자드발급번호
CT진단·판독료		61,832	556,475				결 제 방 법
MRI진단·판독료							납부하지않은금액
PET진단·판독료							
초음파진단료		11,315	101,837			66,000	
혈 증 명 료							
보 장 구							
C D 비 용							
65세이상등정액							
추가(요양병원)							공급자 모형기관종류 상급종합병원
수가진료비						1,617,280	사업자등록번호
계 ①		4,953,746	② 37,913,217	③ 2,482,903	④	⑤	상 호
액초과금 ⑥				공단추가부담금	-56		사업장소재지

[크나브점기회]   년   월   일

4-2

간병비

기간	간병비	주급 해당일 수	메모
1주 차 (9/26~10/2)	950,000원	7일 치	1일 13만 원×7일 +언니가 더 드리고 싶다고 추가한 4만 원
2주 차 (10/3~10/9)	820,000원	6일 치	*10/8 무급휴가, 10/9 유급휴가
3주 차 (10/10~10/16)	950,000원	7일 치	1일 13만 원×7일 +언니가 더 드리고 싶다고 추가한 4만 원
4주 차 (10/17~10/23)	1,080,000원	8일 치	1일 13만 원×8일 +언니가 더 드리고 싶다고 추가한 4만 원
5주 차 (10/24~10/30)	950,000원	7일 치	1일 13만 원×7일 +언니가 더 드리고 싶다고 추가한 4만 원
6주 차 (10/31~11/6)	1,080,000원	8일 치	1일 13만 원×7일 +언니가 더 드리고 싶다고 추가한 4만 원

기간	간병비	주급 해당일 수	메모
7주 차 (11/7~11/8)	260,000원	2일 치 지급	1일 13만 원×2일
8주 차 (11/8~11/14)	875,000원	7일 치	간병인 변경 (간병비12만원+5천원1일식대)
9주 차 (11/15~11/21)	1,090,000원	8일 치	1일 간병비 13만 원+5천 원 식대(11/14 일부터 환자 몸에서 균이 나온다고 하여 균 이 나오는 날부터는 1일 간병비 1만 원 추 가)/14일 1일 동안의 1만 원 소급지급
10주 차 (11/22~11/27)	875,000원	6일 치	1일 간병비 13만 원+5천 원 식대
11~14주 차 (11/28~12/25)	–	27일간	가족 직접 간병(언니)
15주 차 (12/26~1/1)	945,000원	7일 치	1일 간병비 13만 원+5천 원 식대
16주 차 (1/1~1/8)	1,080,000원	8일 치	1일 간병비 13만 원+5천 원 식대
17주 차 (1/9~1/15)	945,000원	7일 치	1일 간병비 13만 원+5천 원 식대
18~19주 차 (1/16~1/29)	–	13일간	중환자실
총 간병비	11,900,000원		

4-3

장례비

비용 내역	금액	메모
은평성모장례식장	11,851,880원	장례식장 이용료 3,614,400원 장의용품 222,000원 음식비용 8,015,480원
화장비	400,800원	서울시립승화원
평화상조 (장례식 추가납부)	1,610,000원	상조 팀장님, 도우미 유족 상복 대여 외
평화상조 (기 납부금)	2,400,000원	2007년 가입 후 월 24,000원 100회 완납
성당 유해봉안소	3,000,000원	서울대교구 소속 성당
합계	16,862,680원	

페이식 수술 후 엄마의 5개월간 투병기록

제3조(이용기간 및 이용시설)
① 이용 계약기간은 2023년 01월 30 부터 2023년 02월 01일 까지로 한다.
② 이용시설은 다음과 같다.

빈소	6호실	안치일시	2023-01-29 00:00
장례방법/상조	화장(납골)/평화상조	입실일시	2023-01-30 12:30
화장장	▮▮▮ 승화원	입관일시	2023-01-31 13:00
장지	▮▮▮ 성당	발인일시	2023-02-01 13:30
빈소 이동/추가		이동 사용시작일시	

제4조(이용료 및 그 지급방법과 시기)

구분	기준요금	적용내역	적용금액
안치료	81,600 원	4일	326,400 원
안치료	3,400 원	1시간	
6호실	1,404,000 원	2일	2,808,000 원
입관비-주간/야간	400,000 원		
입관비-자체입관(영습실시)	400,000 원		
입관비-12세이하	400,000 원		400,000 원
예식실 사용료	100,000 원		
고인 메이크업	100,000 원		
폐기물 수거비(총)	40,000 원	2일	80,000 원
합계			3,614,400 원

수시(안치)류	삼각베개	1	2,000	2,000	2,000
	큐어D/스프레이	1	60,000	60,000	60,000
	위생흡수시트	1	60,000	60,000	60,000
	위생버건세트	1	50,000	50,000	50,000
	항균수세이볼	1	50,000	50,000	50,000
	소 계			222,000	222,000
	나포리예상복지 고려(통합기)	1	10,000	10,000	0

요금정산(청구)내역서

장례식장	은평성모병원 6호실	장례기간	2022년 12월 22일 ~ 12월 24일
고인 명	故崔 ▮▮▮ 님	회원 명	故崔 ▮▮▮ 님

(단위)

구분	내용	금액	비고
청구 내역	상품 금액	2,400,000	2007년 2월 21일 가입
	기납입액	2,400,000	100회 완납
	잔 액	0	
	4일장	200,000	약관6조6항 3일장 초과 비용
	제단	1,230,000	153만원-30만원(지원금)
	남상복추가	180,000	상하의4,셔츠3,넥타이3
	청구금액	1,610,000	
결제 내역	기 납입액(A)	2,400,000	현금영수증 발행번호
	현장결제(카드)(B)		
	현장결제(현금)(B)		발급자 성함
	총 정산 금액(A+B)		

위와 같이 (청구 / 영수) 합니다.

접객도우미	총 이용시간	상품제공시간	추가시간	현장결제
	32	32	0	상주님결제금액

맺음말

    2023년 매서운 바람이 불던 1월의 끝자락에 엄마가 돌아가시고, 만발했던 벚꽃도 봄비에 떨어질 때만 해도, 아직도 엄마가 계시는 병원에 가서 간식을 챙기고 기저귀, 물티슈, 깔끔매트 등 간병인에게 필요한 물건을 물어봐서 챙겨드려야 할 것 같았습니다. 이번 주 토요일 5월의 신부가 되는 저의 올케와 오랫동안 올케와의 결혼을 기다리고 있던 남동생의 결혼식을 앞두고, 아직도 저는 엄마의 부재가 믿기 어렵고 문득 몰아치는 슬픔에 힘이 듭니다. 엄마가 계시면 여러 준비를 잘하셨을 텐데 하며, 하늘에 가신 엄마, 외국에 있는 언니와 몸이 불편하신 아빠를 대신해 본식 날 사돈어르신 댁에 보낼 떡과 이바지 음식재료들을 주문하고 나니 엄마 생각이 더 사무칩니다. 이렇게 엄마가 옆에 안 계시기에 힘든 지금에서야 저보다 5개월 먼저 가족을 떠나보내셨던 기증자의 가족들이 그동안 얼마나 힘이 들었을지 이제야 그분들의 마음

을 헤아리게 되었습니다. 이 글을 쓰는 동안 엄마의 사진과 병원 기록들을 찾아보며 많은 시간 눈물을 흘렸지만 그 시간 또한 엄마에 대한 그리움을 조금씩 덜어내는 소중한 시간이었다고 생각이 됩니다. 폐이식 수술의 생존율이 다른 질환으로 인한 수술의 생존율보다 턱없이 낮지만 2022년 8월, 산소호흡기를 끼고 24시간 생활한다고 할 때 1년의 시한부를 다시 받으셨던 저희 엄마로서는 폐이식 수술만이 마지막 남은 희망이었기에 다른 선택을 할 수가 없었습니다. 수술 후 파종성 혈관응고장애와 혈소판 깨짐의 여러 면역억제제 부작용으로 무너지는 엄마를 보며, 수술을 하지 않고 버티는 게 나았을지 주치의선생님에게 물어봤을 때 그럼에도 불구하고 폐이식 수술을 하는 게 맞았다고 답을 받았습니다. 이렇게 많은 고민과 염려 속에서도 책을 마무리할 수 있었던 것은 다음카페(폐이식 환우 카페, 양부대 폐이식 환우 가족모임)에서 다른 환우분들과 가족분들이 적어주신 폐이식 후 관리 및 체험수기로 제가 받았던 위로와 격려만큼 다른 분들에게도 제가 도움을 드리고 싶은 바람이 있었기 때문입니다. 또한, 수술 후 병원에서 회복하는 동안 가족들의 심리적, 재정적 지원이 없이 혼자서 회복하는 것은 거의 불가능하기에 폐이식 수술을 기다리는 분들이 이 책을 통해 수술 준비를 잘하실 수 있기를 바랍니다.

　이번에 엄마가 기증받으셨던 소중한 장기는 안타깝게도 더 오랜 시간 저희 곁에 있을 수 없었지만, 기증자분과 기증자의 가족들에게 감사드리는 마음으로 국립장기조직혈액관리원에 저의 장기, 안구, 조직 기증 희망을 등록하였습니다. 앞으로 폐이식이 필요한 분들에게 기증되는 장기가 많아져 수술에 대한 성공율이 높아지고 제 책을 시작으로 폐이식 수술 후 오랫동안 건강하게 지내고 계시는 분들의 재활 이야기들이 줄이어 출판되기를 기다립니다.

1-1 국내 폐이식 수술의 역사 및 현황

한국의 폐이식 현황에 관한 논문
(Current status of lung transplantation in Korea)

서울 아산병원 흉부심혈관외과, 울산대학교 의과대학,
Department of Thoracic and Cardiovascular Surgery, Asan Medical Center,
University of Ulsan College of Medicine, Korea
저자: 정용호, 김동관, 최 세훈 *Yong Ho Jeong, Dong Kwan Kim, Sehoon Choi*

성인흉부수술(제2판)
Adult Chest Surgery(2nd edition)

180 챕터: 해부학과 병태생리학을 이용한 폐 이식술의 개요
108: Overview of Lung Transplantation with Anatomy and Pathophysiology
저자: 필립 씨 캠프 주니어, 스티븐 제이 멘츠어 *Phillip C. Camp, Jr.; Steven J. Mentzer*

2021년 국립장기조직혈액관리원 KONOS 2021년도 장기이식 및 인체조직 기증 통계연보에서 뇌사이식 장기별, 성별/뇌사이식자 생존율(폐) 성별, 연령별 통계자료
(https://www.konos.go.kr/board/boardListPage.do?page=sub4_2_1&boardId=30)

1-2 폐이식 수술 종류, 방법 및 주의사항

서울아산병원 장기이식센터, 폐이식 환자를 위한 수술 전 여정 안내
(https://amc.seoul.kr/asan/depts/organ/K/noticeDetail.do?menuId=1634&contentId=4723)

미국 국립 의학 도서관 National library of Medicine PMC(PubMed Central)
폐 이식수술의 지표 및 금기 사항
Lung transplantation: indications and contraindications
저자: 데이비드 와일 *David Weill*

1-3 기증자의 장기적출 수술

2021년 9월 가톨릭 신문 [장기기증의 날(9월 9일) 특집]
장기이식 코디네이터의 하루
(https://m.catholictimes.org/mobile/article_view.php?aid=359961)

1-4 폐이식 절차

환자 혈액형 별 수혈 가능한 혈액형:
'아산병원 폐이식 환자를 위한 수술 전 여정 안내' 발췌

1-6 폐이식 수술 후 퇴원 후 지켜야 할 장기이식자의 퇴원 교육

서울대병원 장기이식교육 환자, 보호자를 위한 퇴원 전 교육자료

3 수술 후 투병 이야기

대한중환자의학회(https://general.ksccm.org/html/?pmode=treatent07)

분당 서울대학교 웹사이트 치료 및 검사 설명 발췌

비디오투시 연하기능 검사: 재활의학과 사이트
(https://www.snubh.org/dh/main/index.do?DP_CD=RH&MENU_ID=005042005)

기관지내시경:호흡기내과 사이트
(https://www.snubh.org/dh/main/index.do?DP_CD=IMR&MENU_ID=007024)

연명의료결정제도: 찾기쉬운 생활법령정보의 웹사이트에서 연명의료결정제도 → 연명의료결정제도의 이해 → 연명의료결정제도 알아보기

연명의료결정제도 안내: 2017년 12월 의료기관용으로 보건복지부와 KoNIBP(국가생명윤리정책연구원), 국립연명의료관리기관 설립추진단 발간 자료